De Hemel

Ilja Gort

De Hemel

roman

GORT
PUBLISHERS

1e druk, april 2023

Gort Publishers, Amersfoort
ISBN 978-90-832849-1-0

NUR 301

Omslagontwerp & typografie: Ilja Gort & Caroline d'Hollosy
Foto auteur: Caroline d'Hollosy
Vertaling Horatius: Vincent Hunink

GORT PUBLISHERS www.gortpublishers.nl

Gort Publishers vindt het belangrijk om op milieuvriendelijke en verantwoorde wijze met natuurlijke bronnen om te gaan. Bij de productie van dit boek is daarom gebruikgemaakt van papier waarvan het zeker is dat de productie niet tot bosvernietiging heeft geleid.

FSC www.fsc.org MIX Papier van verantwoorde herkomst FSC® C004472

Dit boek is gedrukt op papier dat het kenmerk van de Forest Stewardship Council (FSC) mag dragen. Bij dit papier is het zeker dat de productie niet tot bosvernietiging heeft geleid. Een flink deel van de grondstof is afkomstig uit bossen en plantages die worden beheerd volgens de regels van FSC. Van het andere deel van de grondstof is vastgesteld dat hiervoor geen houtkap in de laatste resten waardevol bos heeft plaatsgevonden. Daarom mag dit papier het FSC Mixed Sources-label dragen. Voor dit boek is het FSC-gecertificeerde Munkenprint gebruikt. Dit papier is 100% chloor- en zwavelvrij gebleekt en wordt geleverd door Arctic Paper Munkedals AB, Zweden.

De jager jaagt op haas in dikke sneeuw,
maar wat hem voor de voeten ligt, dat wil hij niet.
Zo ook is mijn liefde.
Zij vliegt voorbij aan alles wat gewoon beschikbaar lijkt
en wil wat vlucht en telkens voor haar wijkt.
— *Horatius Flaccus*

Wat voorafging

Omdat het een trilogie betreft waarvan dit deel vier is, eerst een kleine introductie van de gebeurtenissen die ten grondslag liggen aan het hartverscheurende verhaal dat hierna een aanvang zal nemen.

De aanstichter van al dit leed is Abel (52, lange man, jezushaar, vaalwitte wapperkleding, blote voeten in Birkenstocksandalen, eeuwige optimist) en zijn doortastende vrouw Angela (50, fit, opgewekt, rossige krullen, aanpakker). Samen besloten zij zes jaar geleden Abels droom te verwezenlijken: biologische wijn maken in Frankrijk. Ze verkochten Abels platenwinkeltje in de Amsterdamse Jordaan en kochten een prachtig wijndomein in de Chaude, een afgelegen streek in Zuid-Frankrijk.

Financieel moesten alle zeilen worden bijgezet en Angela startte, met minimaal enthousiasme van Abel, een bed en breakfast. Daar werden ze bij geholpen door de burgemeester van hun dorpje en, toen de ontwikkelingen een gewelddadige wending namen, ook door diens tante Fifi (94, blauw gebloemd huisschort, afgetrapte roze pantoffels en gelauwerd scherpschutster op diverse vuurwapens).

Door omstandigheden ontstond er een verschil van inzicht over de financiële afwikkeling van een bepaalde drugsdeal tussen Abel en de Brabantse xtc-producent en leider van de motorbende de Gipsy Bandits, Sjeng Schellekens (zwaar gespierde vechtersbaas, kaalgeschoren kop, motorjack met op de rug een afbeelding van een doodshoofd met een bloederige dolk door de schedel) destijds nog woonwagenbewoner.

Tot ieders verbazing ontwikkelde zich tussen de vredelievende Abel en de meedogenloze bendeleider Sjeng een relatie die veel weg had van vriendschap. Wellicht hierdoor besloot Sjeng ook wijnboer te worden en zich te vestigen in een vervallen wijndomein naast dat van Abel en Angela.

Sjengs vrouw, de mooie Kimberley (vrolijk, blond, soms ook platinagrijs met lichtpaarse puntjes) die hem vergezelde, is begiftigd met een multidimensionaal bewustzijn. Zij staat in contact met gene zijde en kan communiceren met dieren.

Last but certainly not least, is daar Plato, een wijsgerige ezel die kan spreken voor een ieder die daar oor voor heeft.

Hoofdstuk 1

Het was twaalf uur 's middags en zevenenzestig miljoen Fransen zaten te eten. Er hing een diepe stilte over het land, de lucht boven de wijngaarden trilde van de hitte en zelfs de cigales hadden hun slaapverwekkende getjirp gestaakt. Op de houten veranda van de mas Pic Leloup zat een grote, massieve kerel in een oude schommelstoel. Met zijn benen gespreid wipte hij zachtjes heen en weer, waardoor er een ritmisch gekraak klonk. Ondanks de warmte droeg hij motorlaarzen en een mouwloos leren vest met op de rug een afbeelding van een doodshoofd met een bloederige dolk door de schedel. Naast hem op de grond stond een halfvol flesje bier.

Over het pad kwam een lange man in vaalwitte kleding aangelopen, aan zijn blote voeten versleten Birkenstocksandalen.

'Sjeng,' zei Abel terwijl hij de veranda opstapte. 'Die wijngaard van je, wat een zooitje, man.'

'Waar heb je het over?'

'Wijnboer is het oudste beroep ter wereld en jij –'

'Volgens mij is dat wat anders...' Hij greep zijn bier.

'Misschien, maar wijnmaken is een eeuwenoud vak, een episch ambacht. Ik vind het een eer dat ik wijnboer mag zijn, om deel uit maken van de cyclus der natuur, van het rondgaan der seizoenen, het bloed der aarde te mogen oogsten en daar een zo mooi mogelijke wijn mee te produceren, dat is...' – in vervoering zocht hij naar woorden – '...dat is... heilig!'

Met een vermoeide grimas wreef Sjeng over zijn kaalgeschoren stekeltjeshoofd. 'Man man man... wat een gelul allemaal weer.'

'Wat nou!' zei Abel. 'Je bent nu toch wijnboer?'

Zijn buurman haalde verveeld zijn schouders op.

Abel besloot het over een andere boeg te gooien. Hij trok een stoel bij en ging naast hem zitten. 'Amigo, luister, je hebt dit wijndomein gekocht omdat je voor jou en Kim een nieuwe toekomst wilde, heb ik gelijk?'

Sjeng gromde iets onverstaanbaars en nam een slok bier.

'Dan moet je daar toch ook wat voor doen? Je wijngaard ziet er niet uit. Het lijkt wel een jungle. Je had allang moeten snoeien, man.' Hij wierp een tersluikse blik op het flesje bier in Sjengs hand en schudde zijn hoofd. 'Ik heb het gevoel dat het wijnboer-zijn niet helemaal is geworden wat je ervan had verwacht.'

'Niet echt,' zei Sjeng met een grijns. Hij rekte zich uit. 'Het is een enorme hoop gezeik en het verdient voor geen meter. Met m'n bisnis in Nederland verdien ik duizend keer zoveel.'

'Ja, drugsbisnis.'

'Noem het wat je wil,' snoof Sjeng.

'Maar die motorbende heb je nog steeds.'

'Zeker weten! Waar dacht je dat ik hier de rekeningen van betaal.'

'Maar daar zou je toch mee kappen?'

'Haha, ja hoor...'

Hoofdstuk 2

Boven de bergtoppen verscheen een magistrale stralende zon. Hij wierp een rossig licht over de binnenplaats van de B&B waar een vlucht zwaluwen met hoge snelheid laag over de grond scheerde, hun schrille gepiep weerkaatsend tegen de muren. Na de malse regenbui van vannacht rook het overal fris en mineralig, alsof de aarde was schoongewassen van de zonden der mensheid. Het ochtendbriesje liet de lavendelbossen op de binnenplaats heen en weer wuiven, hommels zoemden er onverstoorbaar omheen en deden zich tegoed aan de honing uit de paarse bloemetjes. Onder de grote plataan knabbelde Plato de ezel aan de graspollen die Abel in de stenen drinkbakken had geplant ter bescherming van zijn geraniums. Af en toe verplaatste de ezel zich. Bedachtzaam kauwend scharrelde hij dan naar een andere bak (omdat het gras daar altijd groener was) waarbij zijn hoefjes koket over de keitjes klikten.

In de keuken van de B&B waren Angela en Abel druk in de weer met de voorbereidingen voor het ontbijt, de gasten kwamen al naar buiten en schoven verwachtingsvol aan de terrastafeltjes. De eerste was een alleenreizende dame die Abel 'de Python' was gaan noemen omdat ze gekleed ging in een stretchjurk met een slangenhuidpatroon in zachte bruintinten. Doordat dit kledingstuk haar weldoorvoede figuur nogal strak omspande, deed ze hem denken aan een reuzenslang die een koe had doorgeslikt.

Abel pakte een rozijn uit een schaaltje op het aanrecht en

hield die tegen zijn wang. 'Zou je mij nog leuk vinden als ik zo'n wrat op mijn gezicht had?'

Lachend duwde Angela hem weg. 'Neee!'

'Nou, de Python heeft dat,' zei Abel. 'Ik zag het gisteren. Naast haar neus heeft ze een zwarte wrat zo groot als deze. Ik dacht dat het een bromvlieg was en wou haar er attent op maken, maar net op tijd zag ik dat het een joekel van een wrat was!'

'Kappen nu!' Angela schoof een blad croissants in de oven. 'Ga liever vragen wat ze voor ontbijt wil. En geen grappen svp!'

'Oké...' Abel liep naar de deur. 'Het is wel weird, ik kon m'n ogen er niet van afhouden. Ik had de neiging om hem eraf te trekken. Zo, met 'n plotselinge ruk...'

'Aab!' riep Angela. Maar hij was al weg.

De pythondame had een tafeltje in de zon gekozen en Abel repte zich naar haar toe.

'Bonjour, madame! Goed geslapen? Het wordt weer een prachtige dag. Wat kan ik voor u doen?' Hij deed enorm zijn best om niet naar de wrat naast haar neus te kijken. 'Koffie? Thee? Croissantje erbij? Verse jus?'

De vrouw rommelde in haar fors uitgevallen handtas, haalde er een bovenmaats model zonnebril uit en zette die op. 'Zo, 'ns even kijken. Ja, doet u mij maar een latte macchiato met niet te veel melk. En appelgebak.' Ze plaatste haar tas naast zich op de grond en verdiepte zich in haar telefoon zonder Abel een verdere blik waardig te keuren.

Abel knikte en liep naar de keuken.

Plato had een rondje langs de plantenbakken gemaakt en nu werd zijn aandacht getrokken door iets wat leek op een voederzak naast het tafeltje van de dame in de pythonjurk. Met zachte lippen snuffelde hij er even aan.

Verdiept in haar telefoon merkte de vrouw haar bezoeker niet op.

Onderzoekend knabbelde Plato aan het hengsel van de tas. Twijfelend over smaak en mondgevoel beet hij er voorzichtig in. Nietsvermoedend keek de vrouw op en zag opeens het grote grijze dier vlak naast zich. Ze schrok zo dat ze overeind schoot, waarbij haar zonnebril van haar hoofd vloog, en met een gil waar het hele terras van opschrok verschanste ze zich achter haar stoel.

Abel kwam de keuken uit rennen. 'Wat is er?'

Vanachter haar terrasstoeltje wees de vrouw angstig naar Plato, die een stukje verderop alweer doodgemoedereerd van een graspol stond te eten.

'Dat beest! Heeft m'n tas opgevreten!'

'Mwoah,' suste Abel. 'Dat zal wel meevallen toch? Kom, gaat u lekker zitten, dan haal ik uw koffie.' Hij nam de ezel bij zijn halster en voerde hem mee richting keuken. Braaf kloste het dier achter hem aan. 'Haha, stouterd,' lachte Abel. 'Had jij aan de tas van die mevrouw zitten knagen.' Hij klopte hem liefkozend op zijn hals. 'Geef ik je soms niet genoeg te eten, hè? Ondankbaar ezelbeest? Nou, blijf maar een beetje bij me in de buurt...' Grinnikend liep hij naar binnen.

Met een latte macchiato en een flinke punt appeltaart met slagroom kwam hij weer naar buiten en serveerde die met paleiselijke zwier. 'Voilà, madame!'

Maar de vrouw had geen aandacht voor dit feestontbijt. Ze had haar tas op schoot en inspecteerde vol afgrijzen het hengsel. 'Nou, die is dus kapot.'

'Kapot?'

'Ja, kapot ja!'

'Mag ik 'ns kijken?' Voorzichtig nam Abel de tas uit haar hand.

Hij bracht hem op ooghoogte en bestudeerde het hengsel met de onbevangen aandacht van een bioloog. Aan de zijkant zaten wat kleine rafeltjes, verder was er niets te zien.

'Dat was een hele dure handtas,' zei de vrouw beschuldigend. 'Ik denk niet dat dit gemaakt kan worden. Ik zal een nieuwe moeten kopen.'

'Waarom?' zei Abel. 'Die rafeltjes zijn heel symbolisch. Net als het leven, daar zitten soms ook wat rafeltjes aan.' Met zijn vinger streelde hij over een stukje lichtbruin naaigaren dat uit het leer stak. 'Juist géén nieuwe kopen! Deze love bite van Plato is toch een prachtige herinnering aan uw verblijf in onze B&B? Uw tas is nu uniek, zo een kun je nergens kopen.'

Dit schoot de vrouw in het verkeerde keelgat. 'Ja hallo! Mijn tas is kapot! En u gaat een nieuwe voor me kopen! Dat beest is van u, dus u draait hiervoor op!'

'Tja...' Abel krabde in zijn haar.

'Dit is een echte Italiaanse Gucci! Kijk hier', ze tikte op het grote goudglanzende monogram. 'Ziet u die twee G's? Dat betekent Gucci.'

Abel observeerde het logo van dichtbij. 'Moeten dat dan geen twee C's zijn?'

'Wat?'

'Gucci,' zei Abel, 'daar zit maar één G in.'

Verstoord keek de vrouw op. 'Ja ja, u kletst er lekker overheen. Maar daar komt u niet mee weg.' Ze keek hem dreigend aan. 'Dit is een Gucci Ophidia en die heeft 1.350 euro gekost!'

Geschokt deinsde Abel achteruit. '1.350 euro? Voor een tas?'

Met zijn staart zwiepte Plato een paar vliegen van zijn rug en kuierde op zijn gemakje naar de waterput. In de schaduw dronk hij wat water en sloeg van een afstand het gekrakeel gade.

‘Misschien nog wel meer!’ riep de vrouw. ‘Dit is een Gucci-tas! Dat is topkwaliteit!’

Bij de put schudde Plato geamuseerd zijn ezelhoofd en glimlachte. ‘Topkwaliteit? Die tas smaakte naar niks...’

Hoofdstuk 3

Kimberley stond op haar yogamat in de Zonnestraalzaal, volgens haar 'de bezielingsruimte met een sprankelende aura die de geest opent naar de kosmos'. Ze droeg een zwart topje en een strakke legging van glanzend roze lycra en voerde een oefening uit die 'de krijger' werd genoemd. Door de hoge ramen zag ze over het pad een vrouw aankomen. Ze had wortelkleurig haar, droeg een blauw geruit mouwschort en klemde een witte kip tegen haar borst, de vleugels stevig tegen zich aangedrukt zodat het beest niet onverhoeds kon gaan klapwieken.

Kimberley opende de deur. 'Bonjour!'

'Bonjour, ik ben Joëlle, ik ben een vriendin van Fifi.'

'Wat leuk, kom binnen.'

Met de kip tegen haar boezem stapte Joëlle de zonverlichte ruimte binnen. Verbaasd keek ze om zich heen. 'Wat mooi ... Die houten vloer ...' Ze schudde haar hoofd. 'Wat is het hier veranderd sinds die ouwe boerderij van Pic Leloup. Ongelofelijk ...'

'Merci,' glimlachte Kimberley. 'En wie heb je daar meegenomen?'

Joëlle streelde de kip over de zachte veren op haar kop. 'Dit is Marie-Claire.'

Kimberley boog zich naar het dier. 'Bonjour! Hoe is het met jou?' Ze richtte zich op. 'Wat is er met haar?'

'Ik hoor dat u met de dieren kan praten?'

Kimberley maakte een relativerend gebaar. 'Soms. Maar kom

verder.' Ze ging haar voor naar het met veelkleurige kussens en zitzakken ingerichte wellness-hoekje. 'Ga lekker zitten, kopje thee?'

Toen ze terugkwam uit de keuken droeg ze een houten blad met een pot gemberthee en twee punten worteltaart. Ze schonk twee glazen in. 'En wat is er mis met onze vriendin?'

'Ik heb zes legkippen, maar Marie was de kampioen.' Joëlle blies in haar thee. 'Soms wel drie eieren op een dag.'

'Bravo!'

'Ja, alleen de laatste paar weken helemaal niks meer. Ze is verder gezond, eet goed, maar leggen, ho maar.' Ze nam een hapje van de roodbruine taart. 'Wat lekker!'

Kimberley volgde haar voorbeeld. 'Merci. Zelfgebakken.' Ze ging in de kleermakerszit voor Joëlle op de grond zitten. 'Ik ga wat proberen. Laat me maar even.' Ze kroelde de kip op Joëlles schoot zachtjes over haar kop en maakte sussende geluidjes. Na een tijdje sloot ze haar ogen en begon een woordenloos gesprek. 'Hallo, Marie-Claire, ik ben Kimberley. Wat ben jij een leuke kip. Heb je zin om met me te kletsen?' Als antwoord ontving ze een stroom ondefinieerbare energie. Ze wachtte even en vervolgde: 'Sorry, dat verstond ik niet. Is er iets gebeurd wat je niet fijn vindt? Iets wat je met me wilt delen?' Het antwoord was een soort roestbruine mistflard vermengd met een vleug angst, verder niets. Kimberley dacht even na. Toen vroeg ze: 'Voel je je bedreigd?' Ze probeerde het portret van een vos in de geest van de kip te projecteren, meteen werd het beeld bloedrood en alles vervaagde.

Met een zucht stond ze op en ging weer op haar plaats zitten. 'Sorry,' zei ze tegen Joëlle. 'Ze wil me nog geen toegang verlenen.' Ze nam een hapje worteltaart.

De kip zat rustig op Joëlles schoot en staarde met half geloken ogen suffig voor zich uit.

'Jammer,' zei Joëlle. Ze wees naar het laatste puntje taart op Kimberleys schoteltje. 'Eet je dat niet op?'

'Jawel. Maar dat is het lekkerste stukje. Dat bewaar ik voor het laatst. Daar wil ik bewust van genieten.' Ze boog zich weer naar de kip. 'Marie-Claire, wil je niet heel eventjes met me kletsen? Dat is toch gezellig?'

'Ja hoor,' snerpte opeens een glasheldere kippenstem in haar hoofd. 'Neem me maar op schoot.'

Met een warm gevoel van opwinding strekte Kimberley haar handen uit. 'Gelukt!' fluisterde ze tegen Joëlle. 'Geef haar maar, ze wil bij me zijn.' Voorzichtig nam ze de kip over en zette haar op schoot.

Zonder een seconde te aarzelen pikte de kip met een snelle beweging het stuk worteltaart van het schoteltje en schoot met de taart in haar snavel wild fladderend door de openstaande deur naar buiten.

Een seconde waren beide vrouwen totaal overrompeld, toen schoten ze tegelijk in een gierende lach.

Hoofdstuk 4

Met een pijnlijk gekreun rees Abel overeind tussen het gebladerte van de druivenstruiken. Terwijl hij met zijn zakdoek het zweet uit zijn nek veegde, keek hij uit over de met wijnstokken begroeide helling. Hij strekte en kromde zijn door de snoeischaar verkrampte vingers. Een dag lang onafgebroken gewerkt en twee rijen gesnoeid. Nog tachtig te gaan. Met een zucht keek hij achterom, boven de heuvelrand waren de oranje dakpannetjes van het wijndomein van zijn buurman Sjeng zichtbaar. 'Benieuwd of onze nieuwbakken wijnboer nou al 'ns wat heeft gedaan,' mompelde hij grimmig en liep het pad op naar Sjengs mas.

Op de veranda lag Sjeng op zijn rug op een drukbank. Met zijn kaalgeschoren hoofd rood aangelopen en zijn enorme spierballen strakgespannen stootte hij een zware halter omhoog. '...achtenvijftig, negenenvijftig, zestig...' Kreunend van inspanning hing hij de halter in de houders en kwam overeind.

'Bravo,' zei Abel.

De bendeleider greep een fles water en nam een slok. 'Twee maal dertig kilo en dat dan zestig keer.' Hij grijnsde. 'Proberen?'

'Nee, dank je. Moet je niet snoeien?'

'Ik? Doe effe normaal, man. Da's allang gepiept. Alles is gesnoeid.' Met zijn duim wees hij over zijn schouder. In zijn wijngaard stonden lange rijen wijnstokken keurig geknipt in het gelid. 'Netjes hè? Kim heeft een bedrijf laten komen. Prima jongens.'

Abel dacht aan de vele dagen die hij tussen de druivenstruiken had doorgebracht en hij was nog niet eens op helft. 'Tja,' glimlachte hij vermoeid. 'Dat is wel weer een voordeel van die bisnis van jou. Dat je niet op een piek hoeft te kijken.'

'Precies.' Sjeng stond op. 'Ik ga douchen. M'n vader komt vandaag.'

'O ja? Wat leuk! Ik wist niet dat je een vader had.'

'Iedereen heeft een vader, pipo.'

'Ja, maar van jou had ik het niet verwacht. Ik dacht dat je was samengesteld uit opgegraven ledematen van oerdieren.'

'Mafketel...'

'Hoe oud is hij?'

'Vierentachtig. Hij woont nog steeds op het kamp. En hij lult je de oren van je kop.'

Sjeng liep naar het huis, bij de keukendeur bleef hij staan en zei met een grijns: 'Kom anders vanavond barbecueën. Dan kun je 't meemaken.'

Op het moment dat Abel en Angela die avond voet zetten op de veranda van hun buurman Sjeng, zette diens vrouw Kimberley een salade van gele tomaten, olijven en basilicum op tafel. Sjeng had een vuur gemaakt in een grote zwartgeblakerde barbecue en stond met zijn mes een zak houtskool open te snijden.

Vanaf het pad klonk luid getoeter. Om de hoek verscheen een krijtblauwe eend vol deuken en roestplekken. Hij stopte op de binnenplaats, het deurtje vloog open en er sprong een kleine tanige man uit. Met zijn rommelige kleding en zijn borstelige grijze haar zag hij eruit alsof hij de nacht had doorgebracht in een windtunnel. Abel moest denken aan Ine, een kunstenares die ooit penselen had laten maken van haar eigen haar. Van deze stugge haardos zou je een forse witkwast kunnen maken.

Enthousiast sprong de vierentachtigjarige zigeunervader de veranda op. 'Hé, zoontje! Moet je kijken! Wat een beauty!' Hij gebaarde naar de blauwe eend. 'Stond weg te roesten bij een boer. Vijfhonderd piek, starten lopen!'

Sjeng knikte. 'Goed gedaan, ouwe.'

Abel stond op en stak zijn hand uit. 'Bonjour! Ik ben Abel, Sjengs vriend, dit is mijn vrouw Angela.'

'Kobus,' zei de kleine man. 'Sjeng z'n vader.' De energie van de handdruk verraste Abel.

'Zo, Sjengie,' zei Kobus. 'Lekker aan 't fikkie stoken?' In het voorbijgaan gaf hij zijn zoon, die boven de barbecue een zak houtskool stond leeg te schudden, een klap op zijn schouder. Door de kracht van de klap schoot Sjeng uit en een stroom briketten rolde over de vloer.

'Sorry, zoontje,' grinnikte Kobus.

Sjeng kon er niet om lachen. 'Ga nou maar zitten, ouwe,' gromde hij wrevelig en begon met twee handen de houtskool terug in de zak te vegen. 'We gaan zo bikken.'

'En?' vroeg Angela toen Kobus zich op de stoel naast haar had geïnstalleerd. 'Wat vindt u van Sjengs wijndomein?'

'Mooie stek!' zei Kobus met glinsterende oogjes. 'Lekker vrij. In de autohandel houden we niet van pottenkijkers. Hier kun je rustig ouwe autobanden verbranden. En ik zag een beek, da's handig om je motorolie in weg te laten lopen. Nee, dat jochie is goed bezig.' Hij draaide zich om naar zijn zoon die aan de buitenkraan zijn handen stond te wassen. 'Die vent had ook nog zo'n Peugeot 404 staan, Sjengie. Puntgaaf. Wie weet wat er hier in die ouwe boerenschuren allemaal nog meer staat weg te roesten. In Nederland betaal je een fortuin voor die dingen. Als we die ouwe bakkies netjes opknappen, pakken we goud!'

Abel moest lachen. 'Maar Sjeng is wijnboer geworden.'

Sjeng veegde zijn handen af aan zijn broek en legde een lap vlees ter grootte van een vloermat op de barbecue. 'Biertje, ouwe?' Hij trok de deur van de buitenkoelkast open en onthulde een muur van flesjes Kronenbourg.

Abel maakte een afwerend gebaar. 'Bier? Je bent wijnboer, man!'

'Hou toch op met dat eeuwige wijngezeik,' riep Sjeng. 'Dat spul is niet te hakken! Een hoop werk en je verdient er geen pepernoot mee.'

'Ach!' zei Angela verbaasd. 'Wat vervelend om te horen! Ik dacht dat je het wel naar je zin had hier?'

Bij wijze van antwoord produceerde Sjeng een soort Bokito-geluid en ging aan tafel zitten. Hij trok twee biertjes open, zette er een voor zijn vader neer en tikte er even met zijn flesje tegenaan. 'Prut, ouwe.' Precies tegelijk namen de twee een lange slok.

'En jij, Kim?' vroeg Angela aan Sjengs vrouw. 'Jij vindt het toch wel leuk hier?'

'Leuk? Ik vind het hier fantastisch!' Ze liet haar hand met de roze gelakte nagels door haar blonde lokken met lichtpaarse puntjes glijden. 'Ik geniet van elke dag. Ik heb zulke leuke cliënten. Vanochtend was ik bij Jean-Claude, stond ik te kletsen met een grote bruine koe die de stal niet meer uit wilde, daarna lekker m'n yoga-oefeningetjes gedaan en 's middags kwam Joëlle met een kip die niet wilde leggen. Haha, ja, nee, ik had een topdag.'

Abel gaf Sjeng, die op zijn telefoon zat te kijken, een por in zijn zij. 'Hé, brandweerman!'

Sjeng schrok op en keek hem aan met een blik die van ver kwam. 'Wat?'

Abel knikte naar een zwarte rookwolk boven de barbecue.

Maar in plaats van op te springen staarde Sjeng weer naar

zijn telefoon, alsof hij niet kon begrijpen wat hij las. 'Godverdegodver...' fluisterde hij hees.

'Wat is er, Sjengie?' vroeg Kimberley bezorgd.

Verbijsterd schudde Sjeng zijn hoofd. 'Fucking hell...'

'Wat dan!' vroeg Kimberley.

'Ze hebben m'n bankrekening geblokkeerd...'

'Hè?!'

'De belasting...' Geschokt keek hij op. 'Alle bankrekeningen zijn geblokkeerd. Ook die bij ome Henk.' Hij gebruikte de codenaam voor zijn geheime nummerrekening bij de Credit Suisse. Hoewel zijn vrouw geen idee had wat hij daarmee bedoelde, sloeg ze haar armen om hem heen. 'Schattie, wat naar! Maar geen zorgen, dat komt heus wel weer goed. Hier in Frankrijk zijn we veilig.'

Ze wist niet half hoezeer ze het mis had.

Hoofdstuk 5

Na zo'n zes jaar in de Chaude waren Abel en Angela gewend aan de losse Zuid-Franse levensstijl en 's avonds pas laat eten was deel gaan uitmaken van hun B&B-bestaan. Ook nu was het weer pas ver na achten dat Angela zich met een voldane zucht onderuit liet zakken in de plofbank op hun terras achter de B&B. 'Eindelijk even zitten ...'

Abel drukte een kus op haar krullen. 'Verdiend, Poekie. Wat heb jij weer gebuffeld vandaag.' Hij vulde hun borden uit de schaal gevulde courgettes en brak twee stukken stokbrood af. Daarna ontkurkte hij een fles van hun eigen Merlot en liet een robijnrode straal in de glazen fonkelen. 'Santé lieverd, op jou! Bon appétit!'

'Santé...' Ze nam een slok. 'Nou, dat was me het dagje wel. Allemachtig, wat een hoop gedoe allemaal weer. Ik ben gesloopt. En er komen zo nog incheckers ook.'

'Nee!' schrok Abel. 'Nu nog?'

'Ja, ze appten vanmiddag dat ze er over een uurtje zouden zijn, daarna nooit meer wat gehoord.'

'Hè, balen,' mopperde Abel. 'Ik hoop niet dat ze nu komen, net als we willen gaan eten.'

Meteen werd de rust verstoord door getoeter en luidruchtig motorgeronk.

Abel schoot overeind en beende met lange passen naar de binnenplaats.

Een babyblauwgespoten Triumph Spitfire TR3A kwam met

veel te hoge snelheid door de poort scheuren. Het open sportautootje parkeerde onder de plataan en de handrem werd aangetrokken. Het deurtje zwaaide open en er stapte een man uit. Hij droeg een paprikarode pantalon en een sneeuwwitte polo die strak over zijn bolle buik spande. Hij had een snor die overging in een kleine baard en zo een harige cirkel rond zijn mond vormde. Een gelaatsbeharing die door lieden die het niet zo nauw nemen met hun vocabulaire wel wordt omschreven als een pratende kut.

Aan de andere kant stapte een man uit in een kort, nogal krapzittend broekje van mauve fluweel. Hij droeg hardgele instappers, een bril met een rood montuur en een met papegaaienmotieven bedrukt overhemd dat tot de navel open was geknoopt en zicht bood op een oerwoud aan zwart krulhaar. 'Hallooo!' riep hij jolig terwijl hij met opgeheven hand een koket wuifgebaar maakte. 'Daar zijn ze dan! De Molenbeekjes!'

Abel trok een grimas en wierp een beschuldigende blik op zijn horloge.

'We zijn iets later!' vergoelijkte de sprekende vagina. 'We zijn onderweg even lekker wezen lunchen.'

'Ja! Hééérlijk!' viel zijn bebrilde vriend hem bij. 'Helemaal op z'n Frans, haha! Alles mañana mañana!' Hij wierp zijn hoofd in zijn nek en riep: 'Tijd bestáááát hier gewoon niet...'

Nou, bij ons wel, dacht Abel terwijl ze elkaar de hand schudden. In een poging de doordringende walm herenparfum van brillemans te ontwijken, wendde hij zijn gezicht ongemerkt af. 'Kom verder,' zei hij zo gastvrij als hij kon. 'We zitten wel net te eten, maar Angela kan jullie wel even je kamer laten zien.'

'Kijk 'ns, schat,' zei Abel toen hij met zijn twee gasten hun terras opstapte. 'Hier zijn de laatkomers.'

'Soooo! Wat een lekker plekje!' riep de man in het mauve broekje. Verrukt staarde hij naar de heuvels. 'Wat een uitzicht! Zijn dat jullie wijngaarden? Wat gááááf!'

Angela voelde zich een beetje ongemakkelijk met de twee flamboyante nieuwkomers die de rust in hun privéparadijsje zo ruw verstoorden. Teneinde zo snel mogelijk van ze verlost te zijn, stond ze op. 'Bonsoir en bienvenue. Fijn dat jullie er zijn. Zal ik jullie je kamer even laten zien?' Zonder op antwoord te wachten ging ze hen voor.

Ze was al snel weer terug. 'Zo, hè hè... geregeld.' Ze plofte op de bank en pakte haar wijnglas. 'Wat lief dat je op me gewacht hebt met eten.'

'Natuurlijk, liefje,' zei Abel. 'Ik zou tot het einde der tijden op je wachten. Maar nu gaan we lekker samen genieten. Bon appétit, heldesje van me!'

'Bon ap.' Angela prikte een stukje gegrilde courgette aan haar vork. Juist toen ze dat naar haar mond wilde brengen, kwamen de twee nieuwkomers weer om de hoek.

'Bonsoir!' zong het mauve broekje. 'Vraagje... zouden we misschien een flesje wijn kunnen krijgen? Voor op de kamer? Dit is toch een wijndomein?'

'Natuurlijk!' Abel stond op. 'Ik pak er even een. Wit of rood?'

'Rououge,' zong het mauve broekje met een overdreven Franse tongval.

Trots kwam Abel terug met een fles. 'Voilà, onze Liefdeswijn. De Cuvée prestige. Uit mijn schatkamertje, vier jaar oud en perfect op dronk.' Hij stak hun de fles toe. 'Alsjeblieft. Geniet ervan. Fijne avond en alvast santé!'

Baardmans nam hem aan. 'Héérlijk! Merci beaucoup.' Hij keek om zich heen. Toen wees hij naar de open plek op de bank naast Angela. 'Zullen we hem anders hier opdrinken? Bij jullie? Veel gezelliger toch?'

Voordat Angela of Abel iets hadden kunnen zeggen, zat hij al naast haar en greep de kurkentrekker van tafel.

'Goed idee!' juichte het mauve broekje en schoof naast Abel op de bank. 'Wat eeenig!'

***

De B&B zat bijna helemaal vol en pas tegen het middaguur, toen de gasten waren vertrokken en Abel en Angela de ontbijtboel hadden opgeruimd en de afwas gedaan, hadden ze eindelijk tijd voor een kort moment samen. 'We moeten toch echt een keer hulp zien te vinden, Aab,' verzuchtte Angela terwijl ze in de schaduw onder de pergola gingen zitten.

'Ik weet het, Poekie,' zei Abel. 'Ik heb gisteren nog Jean-Claude gevraagd en hij weet misschien iemand.' Hij pakte twee kopjes koffie van het dienblad en schoof er een naar zijn vrouw. 'Kijk 'ns, deze ster-barista heeft twee verrukkelijke cappuccino's voor ons gemaakt.'

'Heerlijk,' glimlachte ze. 'Daar ben ik wel aan toe.'

Hij tikte met zijn kopje tegen het hare. 'Salute, mi amore.'

Op dat moment verscheen er onder de poort een witte Mercedes E-200 die trefzeker midden op de binnenplaats parkeerde.

'Nee hè. ..' kreunde Angela. 'Niet nu...'

'Met een witte blijf je zitten,' grapte Abel.

Het portier aan de passagierskant zwaaide open en er stapte een lange vrouw uit. Ze was graatmager en droeg een citroenkleurige jurk waardoor ze aan een in urine geweekte asperge deed denken.

'Als ik maar niet met háár blijf zitten,' grinnikte Abel en stond op. 'Geniet jij lekker van je cappucci, Poekie. Ik check ze wel even in.' Met uitgestoken hand stapte hij op de nieuwkomers af. 'Bonjour! Welkom in de Mas des Anges!'

Maar de vrouw was met haar bovenlichaam gebukt in de auto bezig een klemzittende reistas eruit te sjorren.

'Bonjour!' herhaalde Abel. Ze richtte zich op waarbij ze haar hoofd niet onzacht tegen de portierrand stootte. Geïrriteerd keek ze om. 'Ah, u bent van hier? Dan kunt u mooi even helpen met de bagage.' Door haar rimpelige dunne nek die uit haar jurk stak moest Abel denken aan een geplukte soepkip met een parelketting om.

Hij stond daar nog steeds met uitgestoken hand. 'Bonjour!' zei hij nog maar eens.

'O mijn god ja, Frankrijk,' zei ze vermoeid en gaf hem een vluchtige hand.

Door het portier aan de andere kant wokkelde zich moeizaam een oudere man met een rood bezweet hoofd en plakkerige grijze krulletjes naar buiten. 'Goeiemiddag,' hijgde hij met een zwaar Brabants accent.

Abel snelde toe om hem te helpen. 'Bonjour! Welkom!'

De man was gekleed in een piekfijn gestreken pantalon in de kleur van vanillevla en een overhemd van wit linnen dat hij, om zijn omvangrijke buik wat levensruimte te gunnen, los over zijn broek droeg. Aan zijn sokloze voeten dure, geel suède loafers. 'We hebben geboekt hoor, jongen,' zei hij terwijl hij Abel gemoedelijk op zijn schouder klopte. 'Van Denderen. Twee personen.'

'Prima,' zei Abel, die zoals gebruikelijk van niets wist. 'Ik draag de koffers wel.'

Toen Abel een uurtje later de keuken uitkwam, had het stel zich geïnstalleerd aan een tafeltje onder de plataan. De man in de vlabroek zat op zijn telefoon te kijken, maar de kippennek-vrouw stak gebiedend haar hand omhoog. 'Ober!'

Abel, die net op weg was om te ontsnappen naar de wijngaard, kromp ineen. Kan ik doorlopen? dacht hij. Ik zou haar niet gehoord kunnen hebben, toch? Hij zag de eindeloze rijen wijnstokken voor zich, de lommerrijke ranken en de paarse trossen, zachtjes wiegend in de wind. Hmmm... hij, helemaal alleen tussen de druiven. Heerlijk ongestoord onkruid wieden, hier en daar wat snoeien, de tijd nemen om te kijken naar een dauwdruppel in het gras, een torretje op een bloemstengel...

'Hallo! Ober!' snerpte het weer over de binnenplaats.

Abel zoog de lucht naar binnen door zijn neusgaten, draaide zich om en liep naar haar toe. 'Madame?'

'Ober, heeft u even de kaart? We willen graag wat eten!'

Abel wist er een glimlach uit te persen en schudde zijn hoofd. 'Sorry, maar dat gaat niet.'

'Hoezo "dat gaat niet"', snibde de vrouw. Ze keek hem aan met een blik die hem in één klap in de permafrost plaatste en ging rechtop zitten met het vaste voornemen deze lange slungel eens flink de les te lezen. 'Meneer. Als wij hier aankomen, dan willen we graag een beetje verwend worden, ja? We komen hier niet om ons door u te laten afblaffen.'

'Maar ik blaf u helemaal niet af! Ik leg u alleen uit dat –'

'We komen hier om te genieten,' onderbrak zij hem. 'We zijn wel op vakantie, ja?' Ze sprak op een korte, snauwerige manier, alsof ze bij elke zin een kip de kop afbeet.

Ze nam Abel van top tot teen op. 'Zo te zien heeft u niets aan uw benen, dus nu graag even de menukaart, ja?' Hoofdschuddend draaide ze zich naar haar man. 'Tjonge jonge, dat personeel tegenwoordig... Nou, waar was ik gebleven...'

'Zen,' kreunde Abel in zichzelf. 'Stay zen...' Hij haalde diep adem, rechtte zijn rug en zei: 'Ik heb inderdaad niets aan mijn benen, madame. Dat heeft u goed gezien, maar...' Hij wilde de vrouw in alle rust uitleggen dat dit een bed en breakfast was en ze derhalve wel breakfast maar geen lunch serveerden. In plaats daarvan brak er plotseling een klein rood duiveltje uit zijn borst. Het sprong op zijn schouder, klauwde zich met twee rode knuistjes vast in zijn haar en lispelde hem heet hijgend iets in zijn oor. Opeens hoorde Abel zichzelf zeggen: 'Waarom lazert u niet gewoon op!? Ga ergens anders de mensen het leven zuur maken!' Menigeen zou hier nog 'gratenkut' achteraan gedacht hebben, maar daar was Abel een veel te lieve man voor. Hij draaide zich om en liep met opgeheven hoofd de binnenplaats af.

Toen Abel zijn relaas had gedaan schoot Angela ongewild in de lach. 'Nee! Heb je dat echt gezegd?'

'Ik ben bang van wel. Excusez-moi.'

'Wat ben je toch vreselijk.' Glimlachend schudde ze haar hoofd. 'Maar ik begrijp het goed hoor. Ik begrijp het heel goed...' Met een zucht ging ze zitten. 'Weet je, Aab.'

'Ja, lieverd?'

'Die hele B&B...'

'Ja?'

'Die komt me m'n neus uit.'

Op een of andere manier speelde Abel het klaar om niet vanuit standpositie op de keukentafel te springen, daar een woeste boeroeboeroedans uit te voeren en vervolgens een vogelnestje te maken in de kroonluchter. Evenmin stootte hij een lang aangehouden oerkreet uit die tot diep in donker Afrika gehoord kon worden. In plaats daarvan nam hij Angela in zijn armen en zei hij meelevend: 'Ach schatje, wat jammer nou...'

Hoofdstuk 6

Bij de jeu-de-boulesbaan aan de rand van het plein waren een paar oude mannetjes petanque aan het spelen. Uitbater Jean-Luc kwam het terras van de Bar du Marché op met een serveerblad waarop twee glazen met een bodempje gele vloeistof, tinkelende ijsblokjes en een karafje water. 'Santé, jeunes hommes.' Met een joyeus gebaar zette hij het blad op het tafeltje van Abel en zijn vriend Jean-Claude Bobal, wijnboer en burgemeester van Soissant-sur-Cêze, een dorpje van een handjevol oude huizen, ooit geschilderd in vage pasteltinten, waarvan het centrum bestond uit een slaperig dorpspleintje, gedomineerd door een fontein met een kroon van donkergroen mos waar water uit sijpelde. Eromheen een paar winkeltjes en het terras van de Bar du Marché, met rode ijzeren tafeltjes en stoeltjes in de lommer van de bomen. Aan de gevel van de mairie gaf de slap omlaaghangende Franse driekleur reliëf aan de totale loomheid die er heerste.

Jean-Claude pakte het karafje en schonk wat water bij de gele vloeistof in hun glazen. Hij was een jaar of zestig en gekleed in een verschoten blauwe broek en een vaal T-shirt zonder opschrift. Op zijn hoofd een versleten pet die eruitzag alsof hij ermee geboren was. Hij hief zijn glas. 'Santé, mon pote.' Ze proostten.

Abel nam een voorzichtig nipje van de veel te lekkere anijsdrank en slikte dat genietend door. Toen zette hij zijn glas met een klap op tafel en keek zijn vriend triomfantelijk aan. 'Het is zover.'

Jean-Claudes wenkbrauwen werden twee boogjes. 'Wat?'

'Je gelooft het nooit.'

'Wat dan!'

Ach ach, wat had Abel de spanning graag nog verder opgebouwd, maar hij kon het niet langer voor zich houden. Hij haalde diep adem en hield die even vast om te voorkomen dat zijn stem zou overslaan. Toen gooide hij het er in één keer uit. 'Angela wil van de B&B af!' Hij juichte nog net niet.

Jean-Claudes mond viel open. Stomverbaasd staarde hij Abel aan. 'Je lult.'

'Nee, echt!' lachte Abel. 'Ze zei het gisteravond!'

Jean-Claude nam een slok pastis om dit nieuws op zich in te laten werken. Zijn volgende reactie was een lang aangehouden, bijna gezongen 'Merde...' Franser kon het niet.

Deze krachtterm bleef een tijdje boven het terrastafeltje zweven.

Toen Jean-Claude dit nieuws eindelijk had verwerkt, vroeg hij: 'En nu?'

Abel trok een geen-idee-grimas. 'Dat is nog even een dingetje. Om wijn te blijven maken hebben we die B&B-centjes hard nodig.'

Jean-Claude bromde instemmend. 'Dus?'

'Tja...'

Er viel een stilte. Zonnevlekken dansten over hun tafeltje, een briesje woei af en toe een vleugje verkoelende waterdruppeltjes uit de mosbegroeide fontein hun kant op.

'Weet je,' zei Jean-Claude na een tijdje, 'misschien is dat hele B&B-gedoe jullie een beetje te veel geworden, is het te dichtbij gekomen. Volgens mij hebben jullie bijna geen privéleven meer.'

Abel knikte berustend. 'Dat kun je wel zeggen ja...'

Ieder verdiept in zijn eigen gedachten keken de twee naar

de petanquespelers op het jeu-de-boulesbaantje. De ijzeren boules klikten tegen elkaar, de mannetjes tilden ze op met magneetjes aan een touwtje en wreven ze schoon met een doek. De stilte werd slechts verbroken door de doffe plofjes van de ballen die neervielen in het zand en de cigales die de hele middag maar door tjirptcn.

Opeens richtte Jean-Claude zich op, legde zijn vinger langs zijn neus en keek Abel van onder zijn pet slim aan. 'Wat zou je denken van een B&B, maar dan niet aan huis...'

Abel zuchtte. 'Dat zou mooi wezen, maar dat bestaat niet. Dat is zoiets als een boerderij in de stad of een fles wijn die nooit op gaat. Nee, mon ami, een B&B is altijd aan huis. Dus je zit dag en nacht met mensen.'

'Tenzij,' bromde Jean-Claude met een raadselachtige glimlach, 'je een huis vindt dat groot genoeg is...'

'Wat bedoel je?'

Hij leegde zijn glas en veegde zijn mond af met de rug van zijn hand. 'Ken jij Dieudonnée?'

Abel schudde zijn hoofd.

De burgemeester ging ervoor zitten. 'Dieudonnée Beaulieu. Zij is eigenaar van Château de Beaulieu in Charmes-sur-Cêze, een uurtje richting Courges. Prachtig kasteel, maar onmogelijk te onderhouden. Ze heeft het een paar jaar geleden geërfd van haar ouders.'

'Ja en?'

Jean-Claude boog zich naar voren. 'Misschien moet je 'ns met haar gaan praten...'

Hoofdstuk 7

Met een kalm gangetje reden Abel en Angela in hun met bloemstickers beplakte campertje over de route départementale. De weg slingerde door beboste heuvels, hier en daar doorsneden met kronkelende beekjes, de oevers begroeid met wilgen en elzenbosjes. 'Het is hier prachtig,' zei Angela. Ze pakte haar telefoon. 'Wat is het adres?'

'Geen idee,' zei Abel. 'Maar dat hebben we ook niet nodig. Hoeveel kastelen zullen er zijn in zo'n dorp.' Hij draaide het portierraampje omlaag en zong luidkeels een tekst van Lennart Nijgh: 'Ik gooi de ramen open, want de lucht is blauw, ik wil zonder doel en zonder wegen lopen en gelukkig zijn met jou.'

Angela lachte. 'Ik ben heel benieuwd.'

'Ik ook. Spannend hoor!'

Ze passeerden een troepje koeien dat samengroepte onder de lage takken van een eikenboom. Sommigen stonden te grazen, anderen lagen in de schaduw traag te herkauwen. Angela wees naar een koe die een beetje apart stond, met zijn kont naar de anderen. 'Kijk Aab!' lachte ze. 'Dat ben jij!'

'Merci,' grinnikte Abel. 'Hier moeten we d'r trouwens af!'

Hij sloeg linksaf een weg in, aan weerszijden beplant met platanen die een kaarsrechte groene tunnel vormden.

Angela keek op haar telefoon. 'Nog drie kilometer.'

In de verte doemde een bord op. 'Charmes-sur-Cêze,' zei Angela. 'Hier naar rechts.'

Abel fronste. 'Nee joh, de weg gaat rechtdoor, dat zie je toch?

Die komt uit in het dorp.'

'Maar dat bord wijst naar rechts. Dat is ook wat Google Maps zegt.'

'Dat doen ze omdat ze geen vrachtwagens door het dorp willen. Dit is de oorspronkelijke weg.'

'Oké,' glimlachte Angela.

Ze passeerden een leegstaande boerderij en daarna hield het asfalt op en veranderde de weg in een slecht onderhouden karrenspoor.

'Zullen we keren?' stelde Angela fijntjes voor.

Even later waren ze gekeerd, teruggereden en het dorp alweer uit, maar nergens een spoor van een château.

'Misschien even vragen?' zei Angela.

'Nog een klein stukje. Anders gaan we terug.' Plotseling minderde hij vaart. 'Daar is het kasteel! Wat gaaf!'

'Ze zou ertegenover een restaurantje moeten hebben,' zei Angela. 'Misschien is dat hier?'

Het uithangbord boven het barretje vermeldde: BAR-EPICÉRIE BEAULIEU. Ervoor lag een terrasje met tafeltjes en stoeltjes in vrolijke kleuren. Een oranje luifel en wat parasols zorgden voor schaduw en overal stonden potten met bloeiende bloemen, verder was de zaak verlaten. Toen ze gingen zitten kwam er een jonge vrouw naar buiten. Ze had halflang blond haar, blozende wangen en een figuur waar Rubens zijn hele palet op leeggeschilderd zou hebben. 'Bonjour!' zei ze vrolijk. 'Wat kan ik voor u doen?'

'Nou, een lekker kopje koffie zou mooi wezen,' zei Abel. 'Poekie?'

'Ja, voor mij ook,' zei Angela. 'Allebei zwart graag.'

'Ça marche!'

'Nu zie ik het!' zei Abel opeens. Hij wees naar de ingang van de bar. 'Dat is een grot!'

Ze lachte. 'Ja, een miljoen jaar oud en al een paar duizend jaar bewoond. Jullie mogen wel even binnen kijken, hoor.'

De grot was huiselijk ingericht, knus op het tuttige af. Antieke boerenkastjes met handbeschilderde tuingieters gevuld met droogbloemen, aan de muur planken met potjes honing en zelfgemaakte jam, in cellofaan verpakte zakjes koekjes met een vrolijk strikje erom en flessen wijn uit de streek.

'Wat leuk!' zei Angela. 'Hier zit liefde in, dat kun je zien!'

Dieudonnée, met veel koffietumult bezig bij een stomende espressomachine, kwam met twee kopjes koffie achter de bar vandaan. 'Wilt u op het terras?'

'U hebt het mooi voor elkaar,' prees Angela terwijl ze naar buiten liepen. 'Bravo!'

Dieudonnée straalde. 'Merci, dat is heel vriendelijk van u.'

Angela trok een stoeltje naar achteren. 'Komt u er anders even bij zitten.'

Glimlachend wees Dieudonnée naar het lege terras. 'Het is niet heel druk, dus waarom niet?'

Ze namen plaats in de schaduw onder de luifel.

Abel roerde in zijn koffie, hoewel hij daar nooit suiker in deed. 'En u bent ook de eigenaar van het chateau.'

Ze lachte. 'Ja, ik ben de kasteelvrouwe.'

'Woont u er ook?' wilde Angela weten.

Dieudonnée schudde haar blonde hoofd. 'Nee. Ik heb het geërfd van mijn ouders. Maar het is te groot en te duur om in te wonen, onmogelijk te verwarmen.'

'Wat zonde,' zei Abel uit de grond van zijn hart. 'We reden er net langs, ik zag dat het prachtig is.' Hij wees op de twee torens die boven de bomen uitstaken. 'Zoals het daar staat! Zo trots, zo magistraal! Een sprookjeskasteel!'

Dieudonnée draaide zich om en keek met hem mee. 'Tja...' In haar stem klonk weemoed.

'Dat heb ik zelf nooit zo gevoeld. Mijn ouders, die het weer van hun ouders hadden geërfd, spraken er altijd over als "Le Monstre". Voor hen was het château een geldverslindend monster dat hun leven bepaalde zonder dat ze er iets voor terugkregen. Een blok aan hun been dat ze niet kwijt konden, maar ook niet kwijt wilden. Een emotionele spagaat waar ze hun hele leven in hebben gezeten.' Ze draaide zich weer om en keek Abel aan met een vastberaden blik. 'Maar dat gaat mij niet gebeuren.'

***

Samen met Dieudonnée liepen Abel en Angela over het verwilderde pad dat ooit een statige oprijlaan was. 'Ontzettend aardig dat je het wilt laten zien,' zei Angela.

Dieudonnée wierp een blik op haar horloge. 'Ik kan de bar niet zo lang alleen laten, maar een korte rondleiding moet wel even kunnen.'

Het pad maakte een bocht en Abels onderkaak zakte een meter naar beneden.

Daar stond het. In tijdloze stilte mooi te wezen. Hier hadden edelen geleefd. En hun knechten, meiden en lakeien. Hier waren beesten geslacht, hadden soldaten dronken feestgevierd, hier was gevochten op leven en dood. Hier waren potten kokende olie van de kantelen gegooid over de hoofden van aanvallers. Hier had bloed gevloeid, maar ook wijn en tranen. Hier waren kinderen geboren, mensen gestorven. Hier was gejuicht en gedanst, gevochten, gehaat, bemind, gelachen en gehuild. En dat zat allemaal in die oude verweerde stenen. Want een kasteel vergeet nooit iets.

Als aan de grond genageld keek Abel omhoog naar het gebouw dat boven hem uittorende. Groene klimplanten woekerden tussen de steenblokken, ramen en luiken staarden hem verveloos aan. Maar één ding voelde hij glashelder: dit kasteel straalde liefde uit. Een intense, allesomvattende liefde met een mysterieuze oerkracht waarvan hij de diepte niet kon peilen. Het gebouw trok hem naar zich toe, zoog hem dwars door haar dikke muren naar binnen.

'Djiezus...' fluisterde hij. Zijn hart bonkte in zijn borst. 'Poekie...' Hij sloeg zijn arm om haar heen. 'We zijn de lul.'

Hoofdstuk 8

Na een hartelijk afscheid van Dieudonnée reden ze weg. In zijn enthousiasme trapte Abel het campertje flink op zijn staart, waardoor ze met veel te hoge snelheid de weg op scheurden.

'Hé, rustig an!' riep Angela geschrokken.

'Twee miljoen!' Abels stem schoot uit. Hij keek opzij en staarde Angela aan met een blik die een mengeling toonde van ongeloof en woeste vreugde. 'Ze vraagt er twee miljoen voor!'

Ze knikte spottend. 'Tja...'

'Twee. Mil. Joen!' herhaalde Abel nadrukkelijk en keek haar aan alsof het goudvissen uit de hemel regende.

Angela glimlachte geduldig. 'Ja, lieverd. Twee miljoen.'

'Dat is niks!' juichte hij.

'Nou,' zei Angela. 'Daar moeten we anders heel veel flesjes wijn voor verkopen.'

'Twee miljoen?' vroeg hij ongelovig. 'Voor dat kasteel? Met al die grond? En die schuren, die paardenstal, dat koetshuis? Die orangerie? Schat, dat is helemaal drie keer niks! Dat park! Die tuin! Een echte slotgracht met een snoek erin! En een ophaalbrug! Die halen we 's avonds op! Tegen de gasten!'

'Goed idee, maar zorg dan wel dat er genoeg te eten in huis is, want één keer ophalen en die hele brug stort in elkaar. En dan kunnen we dat kasteel niet meer uit.' Haar blik werd ernstig. 'Schat, zo'n antiek château is niet te onderhouden. Daarom wil niemand het hebben. "Le Monstre" noemden ze het, weet je nog? Dat was niet voor niks.'

Abel hoorde haar niet eens. 'En er zit ook nog 'ns twaalf hectare Merlot bij!'

'Ja, met apparatuur uit de Middeleeuwen.'

'Dan maken we wijn uit de Middeleeuwen!' riep Abel. 'Maar voorlopig hoeven we trouwens helemaal niks te doen, want ze zei dat de cave coopérative die wijngaarden onderhoudt en die mogen dat lekker blijven doen tot wij d'r klaar voor zijn. Als we de boel op de rit hebben pakken we de wijn natuurlijk weer zelf op, maar... Merde!' Hij moest boven op de rem gaan staan omdat ze in zijn enthousiasme bijna de berm in reden.

'Aab!' riep Angela geschrokken. 'Rustig nou! Je rijdt ons nog hartstikke dood met je luchtkasteel!'

'Het IS geen luchtkasteel!' riep Abel terwijl hij het busje weer de weg op dwong. 'Het is echt! En we gaan het kopen!'

Hoofdstuk 9

Ach, ach, wat een prachtig gezicht, die lange rijen kerngezonde wijnstokken die zich eindeloos uitstrekten tot ver voorbij de horizon. Abel zou hier met gemak de hele dag kunnen doorbrengen, trots op de biologische wijn die hij aan zijn wijngaard onttrok. Hier, in zijn eentje tussen de druiven, had hij alle tijd om te bedenken wat de beste strategie zou zijn om zijn nieuwe plan er zo schadevrij mogelijk bij Angela doorheen te loodsen.

Tijdens het zomersnoeien, het wegknippen van de blaadjes die de druiven het zonlicht ontnamen, een bezigheid waarvan Abel altijd zei dat het de kwaliteit van de druiven verbeterde, maar waarvan hij diep in zijn hart wel wist dat je ook prima zonder kon en dat dit fantoomsnoeien voornamelijk de kwaliteit van zijn eigen welzijn verbeterde – tijdens dit werkje dus kwam Abel tot de slotsom dat elke succesvolle onderneming begint bij een romantisch diner met kaarslicht en rode wijn. In dit afgelegen gebied was de enige mogelijkheid daartoe Café de la Gare, een restaurant in een voormalig treinstation, ingericht met klassieke bistrobanken van rood skaileer, witgedekte tafeltjes en caféstoeltjes waar je weliswaar een houten reet van kreeg, maar vanwege de authentieke Franse sfeer nam je dat graag voor lief.

Tevreden keek Abel om zich heen. In het restaurant roezemoesde het er gezellig op los, obers renden af en aan met volle dienbladen en van de bar klonk het veelbelovende geplop van het ontkurken der wijnflessen. Abel voelde een roodgloeiende overwinningsroes over zich komen, maar met een wilskracht die je alleen kan opbrengen als je op een heilige missie bent, wist hij zich in te houden. Zo passeerden het aansteken van de tafelkaars, het eerste glas wijn en het voorgerecht in ongedwongen vrolijkheid en zonder een onvertogen woord. Maar al die tijd stond de kanonsloop van Abels masterplan onwrikbaar op Angela gericht.

De arme schat was zich van geen gevaar bewust en genoot van de wijn, de maaltijd en de hilarische verhalen van haar echtgenoot.

Pas nadat het hoofdgerecht was geserveerd, gevulde portobello met geitenkaas, tijm en pijnboompitjes, achtte Abel het moment rijp.

Hij prikte een stukje paddenstoel aan zijn vork en vroeg langs zijn neus weg: 'Poekie, meende je dat nou laatst, dat je wel van de B&B af wilde?'

Angela keek op. 'Da's ook toevallig, daar zat ik net aan te denken.'

'Nee! En?'

'Ja, ik geloof dat ik het meende.' Het klonk alsof ze er zelf verbaasd over was.

Abel slaakte zo'n zucht van opluchting dat hij per ongeluk de tafelkaars uitblies. 'O, Poekie! Wat fantastisch!' Hij pakte haar hand. 'Ik geloof dat ik daar heel erg gelukkig van zou worden.'

Ze glimlachte. 'Anders ik wel.' Ze kneep in zijn hand. Even bleven ze zo zitten. Toen werd haar gezicht ernstig. 'Ik wil ons leven terug, Aab. Ik wil rust.'

De bal lag voor het doel. Abel besloot dat dit het moment was. 'Lieverd, ik heb nagedacht.'

Angela deed alsof ze schrok. 'O jee!'

'We gaan ons leven terugpakken.'

'Heel graag,' lachte ze. 'En hoe had je dat willen doen?'

Abel haalde diep adem. Hij moest zijn hele plan in één keer op tafel gooien, doorstoten als een nachtelijke ijsbreker door het poolijs, zodat ze er onmogelijk tussen kon komen. 'Dat kasteel,' begon hij. 'Het mooiste kasteel van heel Frankrijk en ver daarbuiten. Het heeft alles wat we willen en meer, want met twaalf hectare hebben we daar twee keer zoveel wijn. Die schuren verbouwen we tot gîtes voor groepen. Voor cursussen weetjewel. Die groepen zijn selfsupporting, dus we krijgen een inkomen waar we prima van kunnen leven zonder gasten.' Hij keek haar aan met een blik alsof hij zojuist het recept voor de eeuwige jeugd had uitgevonden.

Angela knikte. 'Goed idee, Aab. En waar halen we twee miljoen vandaan?'

Nu kwam het erop aan. Nu moest de hoogste horde genomen worden. Hij greep allebei haar handen en keek haar stralend aan. 'We verkopen de mas en –'

Angela ontplofte. 'Neee! Ik wil de mas niet verkopen! Dat is ons liefdeshuis!'

'Tuurlijk! Tuurlijk! Ik vind het ook niet leuk, maar daarna kopen we een nóg mooier liefdeshuis! Een liefdeskasteel! Poekie! We gooien het roer om! Dit is het begin van ons nieuwe leven! Onze derde jeugd!'

Hoofdstuk 10

De zon stond nog maar net boven de horizon. Op de binnenplaats van de mas zoemden bijen en kolibrievlinders rond wuivende bossen lavendel. Daar tussendoor scharrelde Plato langs de bloembakken en deed zich kalmpjes tegoed aan de geraniums. Abel was bezig de ontbijttafels op te dekken en uit de keuken klonk het stomende gesis van de koffiemachine, afgewisseld met het gegier van de sinaasappelpers.

Vanaf de weg naderde een diep gerommel, alsof er een vulkaanuitbarsting op komst was. Dit bleek niet ver bezijden de waarheid, want onder de stenen boog van de poort verscheen Sjeng Schellekens in vol motorbende-ornaat. Wijdbeens zat hij op zijn indrukwekkende Harley-Davidson en denderde met knallende uitlaat de binnenplaats op, het motorgeweld oorverdovend weerkaatsend tegen de muren. Naast de waterput zette hij zijn motor uit. Over de mas daalde een stilte neer, dieper dan voorheen.

'Houdoe,' groette Sjeng terwijl hij afstapte. Hij trok zijn monster op de standaard en liep breedgeschouderd met Abel mee naar de keuken.

'Visite!' riep Abel, die achter Sjeng door het kralengordijn kwam.

Angela draaide zich om van het aanrecht.

'Hallo, wijffie!' zei Sjeng vrolijk. 'Lekker bezig?' Ze omhelsden elkaar.

'Gaat 't goed, wijnboertje?' vroeg Angela. 'Vind je 't alweer een beetje leuk?'

'Heel leuk,' grijnsde Sjeng. Hij pakte een croissant uit een van de mandjes en nam een hap. 'Zeker met die lekkere broodjes van jou.' Kauwend trok hij Abel mee buiten gehoorsafstand. 'Wij moeten even lullen.'

Abel trok zijn wenkbrauwen op. 'O? Wat dan?'

'Bisnis.' Hij wierp een blik op Angela die bezig was glazen jus d'orange op een dienblad te zetten. 'Maar niet hier.' Hij maakte een hoofdbeweging naar de deur. 'We gaan even een koffietje doen.'

Abel knipperde met zijn ogen. 'Nu?'

'Ja.'

'Oké.' Verbouwereerd door de urgentie van dit verzoek liep Abel naar zijn vrouw. 'Kan ik heel even met Sjeng mee? Het schijnt dringend te wezen.'

Verbaasd draaide ze zich om.

'Niks aan de hand,' stelde Sjeng haar gerust. 'Zo weer terug.'

Hij besteeg zijn Harley. 'Dan gaan we even naar Jean-Marc,' zei Abel en ging achterop zitten.

Sjeng startte de motor. 'Die ouwehoer op het plein? Nee, we moeten bisnis lullen.'

'Oké,' zei Abel. 'Ik weet wel wat.' Hij sloeg zijn armen om Sjengs middel, de motor schoot vooruit en ze denderden onder de poort door. 'Hier meteen rechts!' schreeuwde hij.

Het zou een duivelse klus zijn om voor restaurant Le Tourbillon een naam te verzinnen die minder toepasselijk was. De eigenaars, Jean en Ginette, respectievelijk 89 en 92, schuifelden door hun vervallen zaak heen en weer in een schildpadtempo dat maar weinig van doen had met de allesvernietigende wervelwind waarnaar zij hun zaak hadden vernoemd.

Abel en Sjeng bestelden koffie en installeerden zich onder

een pergola begroeid met een reusachtige druivenrank die door het gebroken latwerk naar beneden was gestort en nu bezig was de tafeltjes een voor een te overwoekeren.

Vanaf de bar slofte Ginette met een vol dienblad voetje voor voetje naar hen toe.

Sjeng grijnsde. 'Tegen de tijd dat die hier is hebben we kouwe koffie.'

Traag schuifelde het oudje naar hun tafel en zette met bibberende hand twee morsige soepkommen voor hen neer die zo te zien nog actief hadden deelgenomen aan de Eerste Wereldoorlog. Ze bevatten een diarreekleurige vloeistof, bedekt onder een taai, rimpelig vel. Het geheel deed denken aan een bacteriekweek in een verlaten veldhospitaal.

Sjeng wierp een blik op de donkerbruine plas in het dienblad. 'Gelukkig is het meeste er overheen gegaan.'

'Merde,' fluisterde Abel. 'Niet aan gedacht! Nooit koffie bestellen hier.'

'Neem dan een colaatje.'

'En dat arme mens wéér dat hele eind laten lopen?' Hij lachte naar de hoogbejaarde uitbaatster die naast hun tafeltje nog stond uit te puffen. 'Merci beaucoup, jongedame.' Hij pakte de kom, nam een slok en slikte die zonder met zijn ogen te knipperen door. 'Heel lekker!' zei hij met een hartverwarmende glimlach.

De duizend rimpeltjes van Ginettes gezicht begonnen te stralen en haar mond spleet open in een lach die zicht bood op een slagveld waar de laatste vier tanden moedig weerstand boden.

'Oké.' Sjeng boog zich naar voren. 'Nu even serieus. Lange, ik heb geld nodig.'

'Welcome to the club,' grijnsde Abel.

'Ja, maar ik echt. Ik kan niet meer bij m'n centen komen en de rekeningen voor die wijnshit hier blijven binnenstromen.' Hij wierp Abel een boze blik toe, alsof die daar iets aan kon doen. 'Ik zou de tent het liefst morgen verkopen, alleen Kim wil niet weg.'

'Snap ik. Maar zij verdient toch met haar dierenpraktijk?'

'Liefdewerk oud papier. Ze is totaal niet zakelijk. Ze doet de helft gratis.'

'Wat wil je doen?'

Sjeng boog zich nog verder voorover en liet zijn toon zakken. 'Ik ben bezig met een klus. Big shit.'

Als door een horzel gestoken schoot Abel achteruit. 'No fucking way!'

Sjeng knikte grijnzend. 'Wacht maar tot je hoort wat we d'r mee verdienen.' Uitdagend keek hij zijn tafelgenoot aan.

Abel kneep zijn ogen tot spleetjes.

'Een gast die ik ken,' zei Sjeng. 'Vastgoedjongen. Projecten en zo. Zit goed in z'n slappe was. Hij wil in de bisnis. Hij betaalt een miljoen om een partijtje coke naar Spanje te krijgen.' Sjeng keek Abel indringend aan. 'Spanje is hier om de hoek. Eén keer rijden, één miljoen.'

Abel glimlachte flauwtjes. 'En wat als het misgaat?'

'Maar jochie, wat als het góéd gaat!?'

Abel schudde resoluut zijn hoofd. 'Forget it. Dat ga ik écht nooit meer doen. Ik heb mijn lesje geleerd. Nee, vriend. Zoek jij maar een ander.' Hij stond op. 'Laten we gaan. Het is druk, ik wil Angela niet zo lang alleen laten.'

Sjeng bleef zitten. Met een flauwe grijns keek hij naar hem op.

'Kom,' drong Abel aan. 'Let's go. Of wil je nog zo'n lekker bakkie koffie.'

‘Eén klus,’ zei Sjeng. ‘Eén grote klapper.’

Abel schudde zijn hoofd. ‘Nee, man. Vergeet het. Zoek maar een andere halve zool om dat mee te doen.’ Hij draaide zich om en liep naar de Harley. ‘Kom, ik moet terug.’

Sjeng bleef zitten. Hij keek Abel na en zei zonder zijn stem te verheffen: ‘Een miljoen.’

Abel bleef doorlopen.

Sjeng rees uit zijn stoel en zei kalm: ‘... de mán.’

Midden op het terras bleef Abel staan. Bewegingloos als een zoutpilaar. De wind speelde door zijn haar, liet zijn kleding wapperen. Traag sloot hij zijn ogen. Hij zag het kasteel. De sierlijke torens in een kopergouden avondlicht, de dikke kasteelmuren, de slotgracht met de snoek er in, de ophaalbrug en de glooiend groene wijngaarden die het geheel omringden. Hij opende zijn ogen, draaide zich om en liep met trage passen terug.

De ontbijtboel was tot het laatste kopje opgeruimd toen Abel door het kralengordijn stapte. ‘Goeie timing,’ lachte hij terwijl hij Angela kuste.

‘Haha, perfect. Ik wilde net een koffie voor mezelf gaan maken.’

‘Vertel,’ zei Angela toen ze met een schuimige cappuccino havermelk onder de pergola zaten. ‘Wat hebben jullie voor spannends besproken.’

Abel grinnikte. ‘Het was sowieso spannend om weer ’ns koffie te drinken bij Jean en Ginette.’

‘Nee!’ lachte Angela. ‘Was je dáár? Die schatten. Ging het goed met ze?’

‘Hartstikke. En de koffie is nog steeds hetzelfde.’

‘Haha, inclusief vel en voetenbad?’

‘Helemaal.’

‘Leuk voor Sjeng, een Brabants bakkie.’ Plotseling keek ze hem scherp aan. ‘Aab?’

‘Ja?’

‘Jullie gaan toch niks met drugs doen, hè?’

Terwijl Abel nog zocht naar een uitvlucht werd Angela steeds bozer. ‘Je gaat me dit niet aandoen, Aab! Niet nóg een keer!’ Met vlammende ogen keek ze hem aan. ‘Zeg op! Wat wil hij van je!’

‘Schatje toch! Natuurlijk ga ik dat niet doen! Waar zie je me voor aan!’ Onderwijl dacht hij koortsachtig na over een oplossing. Opeens maakten zich uit de wolk gedachteflarden in zijn hoofd een paar slierten los. Traag zweefden ze rond in de peilloze diepten van Abels brein. Toen klonterden ze samen tot iets wat je een idee zou kunnen noemen. Slechts een heel licht trillen van zijn linkerwenkbrauw verried dat hij zojuist op de ontbrekende schakel van zijn masterplan was gestuit. ‘Weet je, Poekie…’ Rustig zette hij zijn lege koffiekopje op tafel. ‘Sjeng is niet happy. Afgezien van zijn zwarte geld hier is hij platzak. En wijnmaken is niet zijn ding. Ik denk dat ik iets heb gevonden waar hij zich met hart en ziel in kan storten én waar hij flink mee verdient…’

Hoofdstuk 11

Zwijgend stonden Abel en Sjeng voor het château. De hippie in zijn wapperkleding, de bendeleider in zijn motorvest met de doodskop op de rug. Naast elkaar, de benen licht gespreid, het hoofd in de nek keken ze omhoog naar de kasteeltorens.

'Mooie hut,' verbrak Sjeng de stilte.

'Dit is mijn droom,' zei Abel.

Sjeng gromde iets onverstaanbaars.

'Ik ga dit kopen.'

Sjeng snoof. 'Dan moet je een flinke tiet geld meenemen.'

'Tuurlijk.'

'Die cokedeal dan maar doen?'

Maar de kleine, zwaar beproefde guerrilla-eenheid met de naam Verstand die zich ergens diep in de spelonken van Abels brein schuilhield, had de afgelopen nacht het pleit beslecht.

Abel draaide zich een halve slag, zodat Sjeng en hij met hun gezichten naar elkaar stonden, sloeg zijn handen met een kletsend geluid op Sjengs leren schouders, trok hem naar zich toe, keek hem van dichtbij in zijn ogen en zei met lage stem: 'Nee. Dat gaan we zeker niet doen. Geen drugs zolang Angela en ik erbij betrokken zijn.' Hij bedacht dat deze hartenkreet, gezien Sjengs afkomst, beter zou landen als hij in zigeunerkamptaal zou spreken en vervolgde: 'Zweer je dat bij het licht in je ogen? En op het leven van Kim, van je vader, van Angela en van mij, je bloedbroeder?'

Met een kalme beweging veegde Sjeng Abels handen van

zijn schouders en gromde: 'Ik zweer niks.'

'Luister,' zei Abel. 'Ik heb een plan. We verkopen allebei ons wijndomein, we –'

'Goed idee,' onderbrak Sjeng hem sarcastisch. 'Meteen doen.'

'...We kopen dat kasteel,' ging Abel onverstoorbaar verder, 'ik ga hier hele lekkere wijn maken en weet je die mooie oldtimers die je vader hier bij de boeren uit de schuur haalt? Daar gaan jullie samen een gouwe bisnis van maken. Die paardenstal wordt jullie garage, in de orangerie gaat Kim lekker verder met haar beestenboel en Angela gaat cursussen organiseren voor groepen. Sjeng, dit kasteel is een goudmijn.'

Hoofdstuk 12

Het was nog vroeg maar behoorlijk warm en de cigales waren alweer volop bezig met hun lome ritmische getjirp. Het gezin dat Abel de familie Biggesnuit was gaan noemen, kwam als eerste de B&B-trap af stommelen en installeerde zich aan het voorste tafeltje onder de grote plataan. De vader had brede heupen, slordig haar dat deed denken aan een stofnest zoals je dat weleens onder de bank aantreft en normale ogen die er nochtans uitzagen alsof hij twee kanten tegelijk op keek. Zijn gedrongen mopsneus wees een beetje omhoog, waardoor zijn neusgaten prominent in het zicht kwamen. Zijn vrouw was eveneens nogal gevuld. In een poging dit aan het oog te onttrekken, droeg ze een ruimzittend broekpak van vakantiestof waarvan het vrolijke bloemmotief scherp contrasteerde met haar gelaatsuitdrukking die deed vermoeden dat zij het product was van in-vitrofertilisatie, maar dat tijdens de conceptie abusievelijk een cocktail van azijn, vitriool en cementrestenverwijderaar in haar reageerbuis was beland. De dochter was een jaar of zeventien en had de pech de vrucht van haar beide ouders te zijn.

'Bonjour!' zei Abel vrolijk en liet het lege dienblad op de toppen van zijn vingers een rondje draaien boven zijn hoofd. 'Wat mag ik voor u verzorgen op deze mooie morgen!' Hij voegde er een oud grapje aan toe. 'Koffie, thee, vieze boekjes?'

Niemand lachte. De vrouw keek bevreemd op naar deze lange slungel met zijn jezushaar.

'Driemaal ontbijt,' zei de man korzelig. 'En een glaasje bubbels. We zijn tenslotte op vakantie.'

'Helaas,' zei Abel. 'We serveren geen bubbels bij het ontbijt. Maar ik wil u met alle plezier een glaasje van onze eigen wijn inschenken?'

'Ja zeg!' stoof de man op. 'Waar zie je me voor aan! Ik ben geen alcoholist!'

'Iets anders,' kwam madame Biggesnuit ertussen. 'Dat geluid. Van die beesten! Kunt u daar wat aan doen?'

'Welke beesten bedoelt u?'

'Die herrie de hele tijd. Die krekels! Gek word ik d'r van!'

Een extatische glimlach verspreidde zich over Abels gelaat. 'Ah, de cigales! De muziek van de Provence!'

'Nou, ik word er anders horendol van!' snibde de vrouw. 'Kunt u ze niet doodspuiten?'

In totaal onbegrip staarde Abel zijn gast aan. 'Doodspuiten?'

'Ja natuurlijk!'

Terwijl Abel nog naar adem stond te happen, werden aan de andere kant van het terras alweer driftige armgebaren naar hem gemaakt. 'Ober! Hallo!'

De alleenreizende Baltus Dirkzwager had vettig wit haar en een rood aangelopen vleeshoofd met wenkbrauwen als twee strepen wit bont. Als hij geïrriteerd fronste, wat hij veelvuldig deed, leek het alsof boven zijn ogen twee marmotten een moeizame paringsdaad bedreven.

Toen Abel aan zijn tafeltje verscheen, stak Baltus een dikke harige pols onder Abels neus. Zonlicht glansde op een zwaar gouden horloge. 'Hiero! Een Rolex!'

Abel knikte. 'Mooi.'

'Zestig euro voor betaald. Op die zogenaamde "leuke markt"

waar ik van u zo nodig naartoe moest.'

Abel keek verbaasd op. 'Nou ja, u vroeg of er hier wat te doen was en toen heb ik u –'

'Ja, maar dat ding blijkt dus vals te wezen.' Met zijn bijziende oogjes staarde hij zijn gastheer fel aan, alsof hij een bronstig wildzwijn was en Abel een wijfje waar hij zich elk moment op kon storten. 'Dat is uw schuld!' brieste hij. 'Dus het lijkt me logisch dat u me dat vergoedt. Ik ben verdomme gewoon opgelicht!'

Abel sloot even zijn ogen. 'Dit gaan we aanpakken,' zei hij toen. 'Ik bel meteen de politie.' Daadkrachtig draaide hij zich om en liep met lange passen naar de keuken. Pas toen hij door het kralengordijn stapte, barstte hij uit in een gierende lach.

Rond elf uur 's avonds strekte Angela zich uit in bed en slaakte een welgemeende zucht. 'Allemachtig, dat was me het dagje wel...'

'Zeg dat,' kreunde Abel. 'Een huis vol gekken en wat een gedoe allemaal weer.'

Angela knipte het bedlampje uit. 'Als je 't niet erg vindt ga ik meteen slapen. Morgen om zes uur gaat de wekker weer.'

Abel boog zich over haar heen en kuste haar lippen. 'Als er één het verdient ben jij het wel, heldés van me. Slaap lekker.'

Maar Angela kon de slaap niet vatten. In haar hoofd passeerden de gebeurtenissen van de dag nog een keer de revue, alles wat ze vergeten was en alles wat ze nog moest doen. Pas na twee uur proberen viel ze in een onrustige slaap. Vrijwel direct schrok ze weer wakker. Voetstappen op de gang? Ze keek opzij, maar naast haar wees een gestaag geronk erop dat haar prins op het witte paard was afgereisd naar dromenland. Opnieuw werd de nachtelijke stilte verstoord doordat er op de slaapkamerdeur werd geklopt. Een urgent, scherp soort geklop, met iets van metaal.

'Ja?' riep ze geschrokken.

Door de deur klonk de stem van mevrouw Bommeljé: 'Ja, ik hoop niet dat ik stoor, maar het warme water bij ons wordt niet echt warm. Kunt u even komen kijken?'

Even wist Angela niet wat te doen. Toen schudde ze Abel aan zijn arm. 'Aab!' fluisterde ze. 'Dat mens staat voor de deur! Of je even komt.'

Abel draaide zich kreunend op zijn andere zij en trok het kussen over zijn hoofd. 'No way.'

'Hij komt eraan!' riep Angela naar de deur.

'Dank u, dan zien we hem zo.' De voetstappen verwijderden zich weer.

'Aab, ga er nou even heen! Anders staat ze straks wéér voor de deur.'

Hij kwam onder het kussen vandaan. 'Stond ze hier? Voor onze slaapkamerdeur?'

'Ja!'

'Dus dat mens is midden in de nacht onze privéwoning binnengelopen om ons wakker te maken omdat ze geen warm water heeft?'

Angela glimlachte vermoeid.

***

Vanwege de nogal onrustige nacht had Abel van Angela vrijstelling gekregen van de ontbijtservice. Op z'n gemakje slenterde hij tussen de druivenstokken. De dag was nog jong, de lucht fris en overal zongen vogels. Af en toe hield hij halt bij een wijnstok en sloot zijn hand om een tros druiven. 'Hmmm...

heerlijk,' mompelde hij. 'Trossen als vrouwenborsten. Je voelt gewoon de energie die de plant schenkt aan haar vruchten. Dat sap vibreert van ongeduld onder de strakgespannen velletjes van mijn schatjes. Zo graag wil het lekkere wijn worden...' In weerwil van deze poëtische eruptie dreven zijn gedachten telkens weer naar de kwestie die hem al nachtenlang bezighield. Veel mogelijkheden om aan twee miljoen te komen waren er niet. De mas verkopen was voor Angela een onneembare barrière. Misschien dan toch die coke naar Spanje brengen? Eén ritje? Gewoon de allerlaatste boevenactie van Sjeng. Zijn afscheidsconcert, zeg maar. Daarna zou er voor iedereen een nieuw, schoon leven op het kasteel aanbreken. Een stralende nieuwe toekomst. Eén ritje maar... Midden in de wijngaard bleef Abel staan en schudde woest zijn hoofd, alsof hij zijn hersens uit zijn kop wilde zwiepen. Hoe haalde hij het verdomme in zijn harses om dit überhaupt te denken! Angela zou hem levend villen, zijn huid in stukjes snijden en knapperig roosteren boven een hoog oplaaiend vuur.

Hoofdstuk 13

Op het terras van de Bar du Marché was het gezellig druk. De gekleurde lampjes in de platanen verlichtten de warme zomeravond, uit de speakers klonk accordeonmuziek en overal werd gelachen, gegeten en gedronken. Omdat uitbater Jean-Luc barbecuezaterdag hield, had Abel, ondanks dat Angela en hij vegetariërs waren, Sjeng en zijn familie uitgenodigd voor het diner. Jean-Luc had twee tafels tegen elkaar geschoven en gedekt met houten vleesplanken, scherpe messen, flessen rode wijn en een ijsemmer vol flesjes bier.

'Het was magic!' riep Abel terwijl hij de wijn inschonk. 'Sjeng en ik stonden voor dat kasteel en we waren allebei verliefd.'

Kobus keek hem aan vanonder zijn borstelige wenkbrauwen. 'Verliefd op wie?'

'Op dat kasteel! Een fantastisch mooi, eeuwenoud château! Ik neem u er morgen mee naartoe, kunt u het zelf zien.'

Sjeng produceerde wat onderaardse geluiden, maar ging er niet op in.

'Ja,' zei Kimberley. 'Sjengie vertelde dat je het wil kopen.'

'Nou en of! Omdat er ruimte genoeg is voor ons allemaal, wilde ik voorstellen om het met z'n allen te kopen. Stel je toch 'ns voor! Wij! Met z'n vieren! Samen in volmaakte harmonie in zo'n prachtig sprookjeskasteel!'

Peinzend keek Angela naar Abels stralende hoofd. Hij meende het. Zoveel was wel zeker. Het was ook wel te begrijpen. De B&B was niks voor hem, nooit geweest ook. Ooit waren ze het begonnen als een noodsprong om hun schulden te kunnen betalen en nu was het ongemerkt hun leven geworden. Maar in één klap alles overboord gooien? Ze moest er niet aan denken. Gelukkig was twee miljoen zo'n onbereikbaar bedrag dat ze zich geen zorgen hoefde te maken. Dit waaide vanzelf weer over.

***

Met z'n drieën naast elkaar fietsten Angela, Kimberley en Abel de heuvel op naar het dorp. De twee vrouwen op hun uit Nederland meegenomen omafietsen, Abel op zijn racefiets. In de bossen aan weerszijden van de weg stonden gele garrigues uitbundig in bloei, het rook naar de wilde tijm die in de rotsspleten groeide en overal tjirpten cigales. Een zonwarm briesje streelde langs hun blote armen. Kimberley snoof de harsachtige lucht op van de parasoldennen. 'Allemachtig, wat is hier toch prachtig!'

Angela moest lachen om haar Brabantse accent. 'Ja, hartstikke mooi!'

'Ik heb het zó naar m'n zin hier,' zei Kimberley. 'Ons nieuwe huis is heerlijk. Ik mis Nederland helemaal niet.'

Dit leek Angela een perfect moment om haar man duidelijk te maken dat hij alleen stond in zijn heilloze kasteelplan. 'Wat vind je dan van Abels idee om met z'n vieren een peperduur, veel te groot wijnkasteel te kopen?'

'Nou, eerlijk gezegd lijkt me dat helemaal te gek!'

Abel schoot zowat uit het zadel van blijdschap, maar slaagde erin een spontane vreugdekreet te onderdrukken.

Angela sperde haar ogen open. 'Wát?! Waarom in godsnaam!?'

'De schuur die Sjeng voor me heeft verbouwd is mooi, alleen

niet heel groot. Ik zou graag meer willen doen met mijn, ja dat klinkt misschien een beetje raar, met mijn gaven. Ik help nu de mensen hier een beetje met hun kip of hun kat, maar ik zou veel meer kunnen doen. Als je de gave hebt die ik heb, dan kun je daar enorm last van hebben, maar ik heb geleerd hoe je daar mee om kan gaan, hoe je die gevoelens kan sturen. Ik zou graag mensen willen helpen, ze de kans geven om zichzelf te ontdekken en te ontplooien, net zoals ik dat heb gedaan. Je kunt zo veel meer uit het leven halen als je jezelf vrij weet te maken.'

Abel voelde zich warm worden. Dit klonk fantastisch! Opeens besefte hij dat zijn plan beter was dan hij had gedacht! Dit project kon veel groter worden! In zijn hoofd doemde een beeld op van het kasteel in zacht oranje avondlicht. Een oase van rust en bezieling. In het gefilterde licht onder de bomen van een park wandelden ontspannen mannen en vrouwen. Vogels zongen, een briesje deed de blaadjes dansen. De zon scheen door het klaterende water van de gebeeldhouwde fonteinen. Er waren zalen waar matten klaarlagen om aan yoga te doen wanneer je maar wilde, er was een fitnessruimte, een natuurzwembad met kristalhelder water en drijvende lelies. Iedereen was hier welkom, iedereen kon zich hier veilig voelen. Hier kon je je ontspannen en tot jezelf komen. 's Avonds met z'n allen rond het kampvuur, boeiende gesprekken, geestelijke vergezichten, maar ook onbekommerd plezier maken. Lachen, lekker eten, heerlijke wijn, mooie muziek en dansen; soms teder, dan weer wild. Maar vooral liefde. Niets dan pure, onvoorwaardelijke liefde. Dit, deze plek, zou de perfecte wereld worden. De hemel op aarde.

Hoofdstuk 14

Calvin Platzer was een lange man die er een zaak van maakte om in alles wat hij deed succes uit te stralen. Teneinde ondanks zijn vijfenvijftig levensjaren een jeugdige indruk te maken, ging hij gekleed in een strakke stonewashed jeans, maar om het aspect van zakelijkheid te benadrukken droeg hij daar een keurig gestreken overhemd bij (zonder das, het bovenste knoopje open zodat een toefje van zijn borsthaar zichtbaar was) en een donkerblauwe blazer.

Samen met Dieudonnée stond hij op de ophaalbrug en keek omhoog naar het château. Calvin voelde de opwinding opkomen die hij zo goed kende van zichzelf en hij wist het meteen: dit was het. Dit kasteel was perfect. Hier hoefde je bij wijze van spreken niks aan te doen. Het park en de wijngaarden boden qua vierkante meters voldoende ruimte om de attracties neer te zetten, het koetshuis was ruim genoeg voor het fastfoodrestaurant en in de wijde omtrek waren geen buren die bezwaar konden maken tegen de noodzakelijke sloopwerkzaamheden.

Hij knikte naar Dieudonnée. 'Nogmaals dank dat u de tijd wilde nemen om me dit prachtige gebouw te laten zien. Heel indrukwekkend.' Ondanks dat hij na zijn overplaatsing vijf jaar geleden zijn appartement in New York had moeten verruilen voor een flat in Parijs, moest hij zijn tong nog altijd in de knoop leggen om enigszins verstaanbaar Frans te spreken.

Ze lachte. 'Geen probleem.'

'En het staat te koop?'

Ze schudde haar hoofd. 'Het is zo goed als verkocht. Aan een paar hele enthousiaste mensen hier uit de buurt.'

Zijn kaken verstrakten. Hij keek haar aan in een onwaarschijnlijke combinatie van nieuwsgierigheid en onverschilligheid. Niet meteen doorpakken, dacht hij. En laat je niet gek maken door deze aantrekkelijke Rubens-vrouw. Concentreren. Focus on the job: eerst aanpappen, dan met een hoger bod komen. Iets is pas verkocht als het betaald is. Hij dacht na. Zal ik m'n Disney-kaartje geven of m'n charity-? Hij besloot tot het laatste en produceerde de parelende wittetandenglimlach waarvan hij wist dat vrouwen er gevoelig voor waren. 'Alstublieft, dit is mijn kaartje. Ik zou graag met u in contact blijven.'

Dieudonnée voelde dat ze bloosde en ze greep terug op het verdedigingsmechanisme van vroeger, toen ze op school werd gepest om haar figuur. Meteen kroop ze nog dieper in haar schulp. Ze keek op het smetteloze kaartje in haar hand. Green Planet Heritage Foundation?' las ze aarzelend.

'Ja, wij zijn een non-profitorganisatie die zich bezighoudt met het beschermen van cultureel erfgoed om het te behouden voor toekomstige generaties. We vinden het belangrijk dat monumenten zoals dit kasteel niet verloren gaan.' Platzer had deze zin zo vaak uitgesproken dat hij er soepeltjes uitrolde.

'Wat fijn!' zei Dieudonnée. 'Goed dat organisaties als de uwe er zijn.'

'Dank u. Ik zou het erg op prijs stellen als u mij zou willen laten weten als de koop om wat voor reden dan ook niet door mocht gaan. Wij zijn altijd bereid een concurrerend bod te uit te brengen.'

Ze borg het kaartje op. 'Dat zal ik doen. Merci.' Verwachtingsvol keek ze naar hem op, maar hij nam vormelijk afscheid, wenste haar nog een prettige dag en liep de brug over en haar leven uit.

Hoofdstuk 15

Abel en Kobus zaten naast elkaar in het oranje Volkswagen-campertje en reden met een kalm gangetje over de route départementale naar Charmes-sur-Cèze.

'Weet je wat ik zo leuk vind aan jullie,' zei Abel terwijl hij het portierraampje wat verder omlaag draaide. 'Dat jij Sjeng nog steeds "zoontje" noemt.'

'Ja,' lachte de kleine zigeunerman. 'Het blijft toch je kind, hè?'

'Helemaal,' zei Abel. 'Ik heb dat ook met mijn twee dochters, 26 en 30. Maar het blijven m'n baby's.'

'Ik ben 84,' zei Kobus. 'En Sjengie is 39.' Hij grinnikte. 'Maar soms heb ik nog steeds dat ik dat jong zó op m'n schoot wil trekken om 'm weer 'ns lekker te knuffelen.'

Abel dacht aan Sjengs verschijning, de gespierde, honderdtien kilo zware vechtmachine met zijn grove knuisten, zijn motorlaarzen en Gipsy Bandit doodskopvest. 'Ik zou dat niet doen, Kobus.'

Kobus grijnsde. 'Nee, misschien beter niet.'

'Hier is het,' zei Abel en parkeerde voor de ophaalbrug.

Het was een mooi gezicht: Abel met zijn jezushaar, ruim twee koppen groter dan Kobus met zijn grijze borstelkop. Broederlijk stonden ze naast elkaar op de ophaalbrug met het hoofd in de nek omhoog te staren naar het middeleeuwse kasteel.

'Zo!' zei Kobus onder de indruk. 'Da's een flinke hoop stenen.'

Een tijdje bewonderden ze zwijgend het bouwwerk.

Kobus wees naar de eikenbomen in de verte. 'En dat daar?'

'Dat is het park. Twee hectare bos met wandelpaadjes en alles.'

'Dus daar zit je lekker afgelegen. Geen pottenkijkers.'

Abel lachte. 'Klopt, hier ben je zo vrij als een vogel.' Hij keek omhoog naar de borstwering en droomde weg. Op de muziek van The Gladiator zag hij ridders met wapperende banieren voorbij galopperen. Zelf stond hij met verwaaid haar tussen de kantelen op de torentrans. Vanaf de horizon kwamen draken aangevlogen met gevorkte staarten en breed wiekende vleugels. Hij zou ze allemaal verslaan.

Tijdens de avondmaaltijd onder de pergola van de mas begon Abel er weer over. 'We zijn bij het kasteel wezen kijken en Kobus vond het helemaal te gek. Toch? Kobus?'

'Mooie hut,' knikte de kleine zigeuner. 'Lekker vrij.'

'Hebben jullie nog nagedacht,' vroeg Abel aan niemand in het bijzonder, 'over dat plan om het met z'n vieren te kopen?'

Angela zou het liefst met één kernachtige zin het hele roemloze plan voor eens en voor altijd naar de eeuwigheid verbannen, alleen kon ze even niet op die ene kernachtige zin komen. Ze besloot te wachten op een geschikter moment.

Kimberley nam een hapje van haar avocadosalade en schudde haar platinablonde haar naar achteren. 'Met z'n vieren. Tja, wie weet. Maar waar betalen we dat van? Bij ons komt er geen cent meer binnen.'

Angela greep haar kans. 'Bij ons is het ook maar net an, hè Aab?'

Abel knikte. Nu opnieuw beginnen over een eventuele verkoop van de mas zou een desastreus effect hebben. Hij maakte wat ondefinieerbare geluiden en nam een hap van zijn salade.

‘Lekker schat,’ zei hij kauwend en dacht aan een strofe van de Perzische dichter Omar Khayyam: ‘Laat de honden maar blaffen, de karavaan trekt verder...’

De maaltijd passeerde in algehele vrolijkheid, waarbij Abel de roodgloeiende kasteelolifant in de kamer wist te omspelen als Johan Cruijff in zijn beste dagen.

Sjeng zat met grote tegenzin een stuk vegetarische worst naar binnen te werken, waarbij hij met een broeierige blik voor zich uit staarde. Plotseling draaide hij zich naar zijn vader. ‘Zeg, ouwe. Hoe is het eigenlijk met de familiekas. Zit daar nog wat in?’

‘Familiekas?’ vroeg Angela.

‘Zigeunerfamilies hebben altijd een potje voor nood,’ legde Sjeng uit. ‘Voor als je opeens een advocaat nodig hebt of een nieuwe caravan, dat soort dingen.’

‘Die kas is er nog steeds,’ zei Kobus. ‘Ome Joog deed dat altijd. Ken je die nog, zoontje?’

‘Die met dat brilletje.’

‘Ja die, maar toen die in 2011 overleed, ben ik het gaan doen.’

‘En toen ben je gaan feestvieren.’

‘Haha nee, het was niet veel, een paar duizend piek. Dus ik dacht: daar kun je toch niks mee.’

‘En toen?’

‘Het leek me wel leuk om ’ns wat van die bitcoins te kopen. Die waren toen net nieuw.’

‘O, lekker dan. Dus nou ben je alles kwijt.’

‘Haha, nee hoor. Ik heb die dingen een paar jaar later weer verkocht.’

‘Goed gedaan. Kreeg je d’r nog wat voor?’

Met fonkelende oogjes keek Kobus zijn zoon aan. Even genoot hij van het moment, toen legde hij zijn gouden ei. 'Drie miljoen,' zei hij met een triomfantelijke glimlach.

'Wát!?' Sjengs ogen puilden zowat uit zijn hoofd. 'Drie miljoen euro?'

'Met de rente denk ik nu alweer een beetje meer.'

'Tering tandjes! En waar heb je die centen? In een ouwe sok?'

Kobus krabde in zijn stugge haar en lachte kakelend. 'Nee zoontje, die staan rustig op de bank. Gaat heel goed.'

In Abels hart begon een groot gemengd koor te zingen, omlijst door duizend juichende violen, paukenslagen, trommels en triangels. Voorzichtig zette hij zijn wijnglas neer, haalde diep adem en vroeg: 'Heeft u al, een eh... bestemming voor dat geld?'

Hoofdstuk 16

Ribbie Arens was kaal op enkele dunne slierten gelig haar dwars over zijn schedel na. Hij ging gekleed in een morsig bruin pak dat ondanks zijn exuberante overgewicht als een losse olifantshuid om hem heen slobberde. Vele jaren lang had Ribbie bij een vooraanstaand dagblad zure boekrecensies geschreven die nauwelijks werden gelezen. Van lieverlee werd de uitgerangeerde kunstpaus te oud en te duur om te ontslaan, dus liet de redactie hem maar wat aan orgelen in de hoop dat hij snel zijn biezen pakte. In het grote halflege redactiegebouw in Amsterdam zat Ribbie helemaal alleen in een achterafkamertje. Omdat hij vanwege een darmprobleem voortdurend onwelriekende winden liet, hield hij op aandringen van zijn kantoorgenoten de deur van zijn kamertje angstvallig gesloten, bang dat de antieke poepgeur van zijn scheten zou ontsnappen.

Aangezien hij weinig om handen had, volgde Ribbie in zijn onvrijwillige afzondering heimelijk een studie notarieel recht. Wonderwel haalde hij zijn master en vond na ontelbare afwijzingen vanwege zijn penetrante lichaamsgeur uiteindelijk een betrekking als assistent-notaris in een afgelegen streek in Frankrijk.

In de hoop op een voorspoedige afwikkeling van de formaliteiten hadden Abel en de vier andere aanstaande kasteeleigenaren en eigenaresse Dieudonnée zich die ochtend ruim op tijd gemeld bij het notariskantoor. Maar dat viel lelijk tegen. Door het verlammende tempo waarin assistent-notaris Ribbie

Arens met bijziende blik zachtjes in zichzelf mummelend door de papieren bladerde, duurde elke handeling excessief lang. Abel sloeg met verbijstering gade hoe alleen al het optillen van een A4'tje voor deze man een olympische prestatie leek en hij moest onwillekeurig denken aan een amechtige, uitgestorven reuzenschildpad. Het nimmer eindigende geschuif met documenten maakte het verblijf in het benauwde, met darmgas gevulde kamertje tot een eindeloos lange marteling waarbij vergeleken een verhoor in de Abu Ghraib-gevangenis een kinderfeestje was. Maar na het ondertekenen en paraferen van de zoveelste stapel papier waren alle benodigde handtekeningen dan toch gezet.

Dieudonnée stond op van haar stoel en streek haar jurk glad. 'Lieve vrienden,' – even haperde haar stem – 'heel veel succes. Ik hoop...' Toen schoot ze vol. Om haar tranen te bedwingen overhandigde ze Abel maar de grote bos antieke sleutels waar ze al die tijd onhandig frummelend mee op haar schoot had gezeten. 'Alsjeblieft,' snikte ze. 'Château de Beaulieu is nu van jullie...' Door haar tranen heen probeerde ze te lachen. 'Ik ben zo blij voor jullie. Ik gun het jullie echt. Ik weet zeker dat jullie er iets heel moois van gaan maken en...'

Abel omhelsde haar. 'Merci beaucoup, lieve schat! Kom, gaan we snel de zon in. Hier moet op gedronken worden!'

'Frisse lucht!' riep Sjeng terwijl ze op een terrasje aan de overkant gingen zitten. 'En bier!'

Angela en Kim schoten in de lach.

'Champagne!' zei Abel tegen het meisje dat hun bestelling opnam. 'We hebben een kasteel gekocht!'

Abel stak zijn glas omhoog. 'Santé, allemaal! Dieudonnée, op jou! Fantastisch dat je je prachtige kasteel aan ons wilde verkopen. Hartstikke lief!'

Dieudonnée glimlachte verlegen. 'Jullie zijn zó bevlogen! Jullie zijn echt verliefd op het château. Ik weet zeker dat jullie het de liefde gaan geven die het al die jaren niet heeft gehad. Eindelijk komt het tot leven. Daarom heb ik er vrede mee om het te verkopen.'

'En we worden buren,' zei Angela. 'Ik hoop dat we allerlei leuke dingen samen kunnen gaan doen!'

'Nou en of!' viel Abel haar bij. Hij kuste Angela en hief opnieuw zijn glas. 'Santé, schat! Op ons nieuwe leven! En op jou, Kim. Ik weet zeker dat je nieuwe bedrijf een doorslaand succes gaat worden. Maar vooral...' – hij wendde hij zich tot Kobus – '...op jou, grote held! Super te gek dat je ons die twee miljoen wilde lenen. Echt helemaal geweldig! Grand merci! Applaus!'

Kobus lachte en maakte gebaren die bescheidenheid moesten uitdrukken.

Sjeng nam een slok bier. 'Ja tof, ouwe,' lachte hij. 'Jammer dat je niet een beetje meer wou schokken. Maar goed, je pensioentje moet er ook nog vanaf, dus we doen het er maar mee.' Hij sloeg zijn arm om zijn vaders schouder. 'Bedankt ouwe!' Hij draaide zich naar Abel. 'En die verbouwing, hoe wou je dat nou gaan betalen?'

Nu doorpakken, dacht Abel. Dit is het moment. Hij zette zijn intelligentste gezicht op, liet zijn stem dalen en zei: 'Ik heb research gedaan. De huizenprijzen hier zijn enorm gestegen.' Hij liet een veelbetekenende stilte vallen en vervolgde op geheimzinnige toon: 'Ik denk dat wij allebei een hele mooie prijs kunnen krijgen voor ons wijndomein.'

Hoofdstuk 17

De dag was al een eind heen en de avondzon zette de wijngaarden in een rossige gloed.

Abel en Angela zaten op de mas in de lekkere luie plofbank op hun privéterras bij de met mos begroeide waterput die als tafel diende. Abel greep de fles rode wijn die hij vanwege de warmte in een koeler had gezet en vulde hun glazen. 'Nou, Poekie,' – hij proostte – 'gefeliciteerd. Het kasteel is gekocht.'

Maar Angela raakte haar glas niet aan. Triest keek ze op en zei zacht: 'En nu wil je de mas verkopen.'

'Dat zouden we toch doen, lieverd? Anders kunnen we de verbouwing niet betalen.'

'Jemig, Aab!' zei ze wanhopig. 'De mas! Ons liefdeshuis! Waarom verruil je wat ons het liefste is voor iets totaal onbekends, waar we niets vanaf weten?'

'Lieverd, je wilde toch af van die eeuwig zeurende B&B-gasten? We hadden toch geen privéleven meer? Door al die malloten en die drukte waren we bezig elkaar kwijt te raken! En dat mag nooit gebeuren. Mijn ziel en de jouwe zijn hetzelfde. Ik zit in jou en jij zit in mij, we verstrengelen ons in elkaar, zoeken bescherming bij elkaar. We mogen elkaar nooit verliezen. Laten we een nieuwe start maken. In het mooiste kasteel van Frankrijk! Nog véél mooier dan deze mas! We krijgen ons leven weer terug, want we doen alleen groepen. Dus geen gedoe met gasten en ander B&B-getrut en geen ontbijtjes want onze klantjes zijn selfsupporting. Winkels zitten in het dorp, wassen en schoonmaken besteden we uit. Geen omkijken naar! Freedom, Poekie! Freedom in paradise!' Hij sloeg zijn arm om haar heen, trok haar tegen zich aan en kuste haar lippen. 'Poekie, jij en ik. Eindelijk tijd voor elkaar. Eindelijk rust...'

Alsof het zo afgesproken was stak Plato de ezel zijn hoofd om de hoek. Even blikte hij nieuwsgierig in het rond, toen stapte hij het terras op alsof het de gewoonste zaak van de wereld was. Het geluid van zijn hoefjes weerkaatsend tegen de muren.

Angela stak haar hand uit en streelde zijn zachte ezelwang. 'Dag mooierd, bonsoir. Wat vind jij? Moeten we deze mas, ons dierbaarste plekje op aarde, verruilen voor iets vreemds en onbekends?'

Traag op een strootje knabbelend keek Plato haar aan met zijn zachtbruine ezelogen. Toen schudde hij zijn grote hoofd. 'Sommige stappen die je zet voeren je langs de rand van de afgrond.' Hij beet een geranium uit de bloembak en voegde daar kauwend aan toe: 'Maar groeien daar niet de mooiste bloemen?'

Angela glimlachte. 'Jawel, maar we zijn zo gelukkig hier. En daar... dat moet je nog maar afwachten.'

Terwijl hij zijn geranium centimeter voor centimeter naar binnen knabbelde, keek Plato haar aan. Toen zei hij: 'Ach, lieverd, het leven is een opeenvolging van toevallige gebeurtenissen. Voor zover er iets te kiezen valt moet je over grote keuzes niet te lang nadenken. Volg je hart. Dan heb je in elk geval één ding goed gedaan.'

Hoofdstuk 18

Als versteend stond Angela in de deuropening van de B&B. Wat ze zag was niet waar. Het kon niet waar zijn. Maar de man die de paal in de voortuin had geslagen, schroefde er doodkalm een groot vierkant bord op.

Door een waas van tranen las ze: À VENDRE.

***

Die nacht kon Abel de slaap niet vatten. Naast hem verried Angela's ademhaling dat ze na lang en onrustig woelen eindelijk in slaap was gevallen, zelf voelde hij zich opgesloten in een donkere kamer vol zwarte ballonnen die je wel kon aantikken maar nooit vastpakken. Hij draaide zich voor de zoveelste keer op zijn andere zij en trok het kussen over zijn hoofd in een poging de chaos in zijn kop tot rust te brengen. Het hielp niet. De twijfel die al die tijd door de kieren van zijn geweten had gegluurd, brak door zijn veiligheidscordon. De mas verkopen? Wat als hun relatie daardoor naar de knoppen ging? Wat als Angela op dat kasteel doodongelukkig werd? Wat als zijn hele plan mislukte? Hij kreeg een schrikbeeld van een huilende Angela in dit enorme kasteel waarvan de lege vensters hem verwijtend aanstaarden als ogen in een doodshoofd.

Stilletjes, om haar niet wakker te maken, liet hij zich uit bed glijden en sloop zonder zich aan te kleden de slaapkamer uit. Naakt liep hij naar buiten en stak de binnenplaats over.

Voor het te-koopbord bleef hij staan en staarde naar de twee hartverscheurende woorden. À VENDRE.

Een minuut gleed voorbij, misschien wel twee. Hij zoog de nachtlucht diep in en blies het door zijn neus weer uit. Het voelde alsof het soortelijk gewicht van de hele kosmos op zijn schouders drukte en hij langzaam werd samengeperst tot een brokje inktzwarte steenkool.

Opeens slaakte hij een woedend gegrom, sloeg zijn handen om de paal en spande zijn spieren. Eruit met dat ding! Eén flinke ruk en dan dat hele klotebord in de schuur onder een stapel zakken. Even bleef hij zo staan, zijn handen om de paal. Toen schudde hij met een droeve zucht zijn hoofd. Nee, dat zou niks oplossen. Er is geen weg meer terug. Hij draaide zich om en keek naar hun wijndomein waar zoveel was gebeurd en waar hij zo van hield.

'Mas,' fluisterde hij hees. 'Grote, grote liefde, mijn hart huilt, maar het is zoals het is, jij moet eraan geloven. Je moet verkocht...' Met gebogen hoofd liep hij terug.

Midden op de binnenplaats stond Plato stil en zwijgend in de schaduwen van de nacht.

Abel bleef staan en streelde zijn hals. 'Hallo, lieve vriend,' zei hij gelaten.

Plato wierp een blik op de lange blote man in het maanlicht. Zonder zich te verbazen wees hij met zijn hoofd naar de mas en vroeg: 'Weet je het zeker?'

'Nee,' zuchtte Abel. 'Ik weet niks zeker. Maar ik kan niet anders.' Hij hurkte door zijn knieën en legde zijn voorhoofd tegen Plato's grote grijze ezelhoofd. 'Soms word ik zo moe van mezelf. Van die eeuwige onrust in m'n kop. Dan ben ik bang dat ik nooit gelukkig kan zijn. Dat er altijd wel iets is wat ontbreekt. Dan zet ik alles op alles om dat te krijgen. En als ik dat dan met heel veel moeite voor elkaar heb, dan wordt datgene wat ik zo graag wilde weer gewoon. Of erger nog, een blok aan m'n been, zoals de B&B. Of het nou een cd-winkeltje is of een wijndomein, op den duur wordt alles gewoon en dan wil ik weer iets anders. Gek word ik daar wel 'ns van.'

Plato wreef zijn neus tegen Abels hoofd. 'Ben je mal,' zei hij zacht. 'Maak je niet druk. Het gaat immers om de reis, niet om de bestemming? Accepteer wie je bent en geniet van de reis. Dan komt het altijd goed.'

Hoofdstuk 19

Bij het licht van zijn telefoon zocht aannemer Biasie zijn weg over de schemerige zolder van het koetshuis van het kasteel. De planken vliering was bedekt met stoffig stro en het rook er nog vaag naar paardenmest. De grote man liep gebukt voor Abel en Sjeng uit en controleerde vooraf bij elke stap of de vermolmde vloer zijn gewicht wel zou dragen. Af en toe bleef hij voor een steunbalk staan en krabde met een door een onfortuinlijke klap van een klauwhamer paarsgekleurde nagel aan het hout. 'De kern is nog hard,' concludeerde hij dan.

'Wat dacht je wat,' zei Abel trots. 'Vierhonderd jaar oud. Kijk die dikke balken! Dit wordt de slaapzaal. Dertig afgescheiden compartimenten, wasbakje, pleetje...'

Biasie knikte. 'Heeft u een architect?'

'Oei!' Abel deinsde achteruit. Zijn vorige ontmoetingen met deze ijdelste mensensoort op aarde en ver daarbuiten hadden niet bepaald een gelukkige afloop gekend. 'Is dat echt nodig?'

'Ik ben bang van wel,' grijnsde de aannemer. 'Anders krijgen we geen vergunning.'

***

Abel en Angela dwaalden door de bovenverdieping van hun pasverworven kasteel. 'Ik kan het nog steeds niet geloven,' zei Abel. 'Dat dit allemaal van ons is. Al die kamers...' Hij opende de deur naar hun slaapkamer. 'Kijk nou, ons liefdesnestje...'

De kamer was weergaloos. Uit de grote kroonluchter straalde gouden licht op een vloer van donker hout met een dik, wijnkleurig tapijt verrijkt met subtiele patronen. De wanden waren van houtwerk dat in gedempte kleuren was gelakt en bekleed met kobaltblauwe en gele zijde, het plafond was kunstig beschilderd met taferelen van een middeleeuws hof met pauwen en fazanten. Het hoogtepunt vormde een kunstig bewerkt hemelbed met een roodfluwelen baldakijn.

Angela lachte. 'Ik voel me helemaal Madame de Pompadour hier.' Ze liep naar het raam en keek uit over de binnenplaats die aan drie kanten werd ingesloten door de dikke kasteelmuren met als enige toegang de ophaalbrug over de slotgracht. 'Echt prachtig... Ik vind het vreselijk moeilijk om afscheid te nemen van de mas, maar dit is wel helemaal te gek.'

Abel ging achter haar staan en sloeg zijn armen om haar heen. 'Wat ontzettend lief dat je dat zegt, lieve schat. Dankjewel. Daar maak je me heel erg blij mee.'

Tezelfdertijd verkenden Sjeng en Kimberley de zuidvleugel van het kasteel. 'Ik vind 't prachtig, Sjengie,' zei Kimberley verrukt. 'Het is natuurlijk jammer dat we straks de wijnboerderij niet meer hebben, maar dit is wel nog veel mooier. Echt chic!'

'Nou, zeg dat!' gromde Sjeng die achter haar aan door de lange kasteelgang banjerde. 'Ik weet niet eens welke deur onze slaapkamer is.'

Hoofdstuk 20

Sjeng stond met aannemer Biasie voor het koetshuis. Abel zette een paar krakkemikkige stoeltjes die hij binnen had gevonden, in het gras. 'Laten we d'r even bij gaan zitten.'

'Ik kan er niet altijd zelf bij zijn,' begon Biasie, terwijl hij zijn weldoorvoede gestalte voorzichtig op een door houtworm aangetast stoeltje liet zakken.

'Dat is nog zacht uitgedrukt,' zei Abel in het Nederlands tegen Sjeng. 'Als het even tegenzit, zien we hem hierna helemaal nooit meer, want dan is hij alweer druk op een andere klus.'

Sjeng stootte een gegrom uit als een kettinghond op een autosloperij.

'Maar geen probleem,' zei Biasie. 'Labasse, mijn timmerman, zal hier elke dag zijn. Goud, die man, Abèl, puur goud.'

Abel knikte en gooide meteen de vraag der vragen erin: 'Wanneer kun je beginnen?'

Met veel Frans drama wierp Biasie zijn armen in de lucht. 'Het is nu bijna vakantie, daarna moeten we veel werk inhalen, dan krijgen we de natte periode… Moeilijk te zeggen.'

'Doe 'ns een gok?'

'Pin me er niet op vast, maar begin volgend jaar moet wel haalbaar zijn.'

Sjeng had er geen woord van verstaan, maar hij had het des te beter begrepen. Uit de binnenzak van zijn motorvest trok hij een dik pak geld tevoorschijn en legde dat voor Biasie op tafel en gromde: 'Next week start.'

***

Nog geen vijf dagen later liepen Abel en Sjeng terug van de notaris.

'Nou,' zei Abel, 'gefeliciteerd. Jouw mas is verkocht. Dat was dan het einde van je carrière als wijnboer. Kort en niet krachtig.'

Sjeng snoof. 'Blij dat ik die zooi kwijt ben. Helemaal klaar met dat wijngezeik.' Hij grijnsde. 'Toch mooi zes ton voor gebeurd, plus nog een beetje zwart. En Kimmie is helemaal happy dat ze in dat kasteel een erotisch centrum krijgt.'

'Esoterisch,' zei Abel. 'Een esoterisch centrum.'

'Whatever,' gromde Sjeng. 'Wanneer gaan ze beginnen?'

'Ze zijn al bezig. Biasie heeft zelf een tekening gemaakt en meteen de vergunning geregeld.'

'Gouwe pik.'

***

En zo geschiedde wat Abel onbewust al die tijd al had geweten, vanaf het moment dat hij voor het eerst voor dat kasteel had gestaan en het gebouw hem dwars door haar muren naar binnen had getrokken: de mas ging in de verkoop.

Op de eerste dag van de laatste maand die de zomer scheidde van de herfst verhuisden Abel, Angela, Sjeng, Kimberley en Kobus naar Château De Hemel, zoals Abel het was gaan noemen.

Er verstreek een half jaar van tenenkrommende bouwperikelen waarvan ik u, ten behoeve van uw gemoedsrust, de mensonterende details besparen zal, maar de vijf slaagden erin eensgezind te blijven, en door keihard werken, een kogelvrij humeur en een onvermoeibaar zonnige kijk op de dingen gebeurde het ongelofelijke: de feestelijke opening vond plaats op de dag, ja, dit is echt waar, op de dag die daarvoor met de aannemer was afgesproken.

Voor deze feestdag was de ophaalbrug van kasteel De Hemel symbolisch afgesloten met een koord van gevlochten wijntwijgen en de nieuwbakken kasteeleigenaren hadden zich in hun paasbeste kleren gestoken, behalve Sjeng, die zijn onafscheidelijke motoroutfit droeg. Samen met een dertigtal dorpsbewoners stonden ze op de binnenplaats voor de brug. Er waren bubbels en kleine hapjes en er werd vrolijk gekletst en gelachen.

Het onvermijdelijke kwartiertje te laat verscheen de burgemeester van Charmes-sur-Cêze. Een grote man met een blozend rood hoofd, rond wiens fors geschapen reukorgaan een netwerk van fijne paarse adertjes getuigde van zijn wijnliefde. Voor deze gelegenheid had hij zijn sleetse wijnboerenkloffie vervangen door een nogal krapzittend pak dat zo te zien vele jaren lang in de vergetelheid van de kleerkast had doorgebracht, maar nu werd opgefleurd door de blauw-wit-rode burgemeesterssjerp over zijn borst. Onder zijn arm droeg hij een gesloten wijndoos.

Hij ging achter het koord staan en zette de doos voorzichtig op de grond. Toen stapte hij op het omgekeerde wijnkistje dat Abel daar voor hem had klaargezet en stak zijn hand op.

'Dorpsgenoten, bonjour!' Hij haalde een briefje uit zijn binnenzak, vouwde het open en schraapte zijn keel. 'Fijn dat jullie allemaal in zo'n groten getale gekomen zijn om dit historische moment bij te wonen.' Hij keek even op van zijn papier en vervolgde: 'Ik ben verheugd dat Château de Beaulieu nieuwe eigenaars heeft gekregen.' Hij knikte naar Abel, Sjeng en Kobus met hun dames. 'En dat zij dit prachtige kasteel, ons Franse culturele erfgoed, in ere hebben hersteld. Het château is met groot vakmanschap gerestaureerd, waarbij haar authenticiteit en kwaliteit steeds voorop hebben gestaan, zodat het een sieraad voor onze gemeente blijft. Ik zag ook een smaakvol vernieuwde orangerie en een comfortabele accommodatie voor de ontvangst van grote groepen, een activiteit die de economie van ons mooie dorp zeker ten goede zal komen. Petje af, alors! Mesdames et messieurs, graag een warm applaus voor deze vijf ondernemende inwoners van Charmes-sur-Cêze!'

Terwijl de genodigden applaudisseerden bukte de hoogwaardigheidsbekleder en opende de wijndoos. 'Met zulke creatieve ondernemers leek mij een lint doorknippen wat te gewoontjes en daarom heb ik François meegenomen.' Voorzichtig tilde hij een schildpad uit de doos en toonde hem aan het publiek. Het dier strekte zijn kop en maakte met zijn pootjes zwembewegingen in de lucht. 'Bij dezen,' – de burgemeester hield de schildpad met twee handen voor het koord – 'verklaar ik Château De Hemel voor geopend.' De schildpad, strekte zijn nek, stak zijn snavelachtige bekje naar voren en beet met één hap het koord door. De twee slierten van het lint vielen op de grond en gejuich en applaus klaterden over de ophaalbrug. De burgemeester stak de schildpad in de lucht en riep boven het applaus uit: 'En dat Château de Beaulieu in Charmes-sur-Cêze voor jullie letterlijk de hemel op aarde mag worden! Vive la France!'

Hoofdstuk 21

In de vergaderkamer van de Penitentiaire Inrichting Zutphen hing een enigszins bedrukte sfeer. 'Ik word hier niet blij van, Sipke.' Met een verstoorde frons gooide algemeen directeur Boele Staalkamer het rapport op tafel. 'We hebben nou al een hele rits van die nieuwe therapieën van je geprobeerd, maar de resultaten zijn elke keer beneden peil. Heel teleurstellend allemaal.'

'Dat ben ik niet met je eens, Boele!' protesteerde re-integratiepsycholoog Sipke Oldekater. Hij haalde zijn hand met gespreide vingers door zijn zorgvuldig achteloos gecoiffeerde krullen. 'Je hebt veel te veel haast. De groepsactiviteiten die wij voor de ingeslotenen organiseren hebben een meervoudig doel: ondersteuning van humane bejegening van medegedetineerden, maar tegelijk een stimulering van motivatie en reflectie gericht op positieve, toekomstgerichte uitstroom na detentie en voorkoming van recidive. En natuurlijk de praktische en inhoudelijke voorbereiding op hun terugkeeractiviteiten in de maatschappij en hun re-integratie. En ja, sorry hoor, maar zoiets gaat niet in een paar maanden, dat kun je echt niet van me verwachten.'

'Ja ja,' zei Boele spottend. 'Vooral die "humane bejegening van medegedetineerden". Vandaar dat Arie Tolhuys tijdens jullie cursus Kunst ontdekken in de schilderles een medegedetineerde een verfkwast in zijn reet heeft gestoken. Erg humaan ja...'

'Tolhuys is een speciaal geval,' protesteerde de psycholoog. 'Hij –'

‘Man!’ De directeur gaf met zijn vlakke hand een klap op tafel. ‘Wat hebben we niet allemaal al geprobeerd! Muziektherapie! Jij zou ze Mozart en Bach leren begrijpen. In plaats daarvan begonnen ze snoeiharde deathmetal te draaien! Dat escaleerde totaal! We hadden verdomme bijna een gevangenisoproer! En dan je workshop Taarten bakken. Heel de bajes bakt. Dat die grote Surinamer, Sjef Peppie, die Haagse Harrie of hoe-die-heet met z’n kop in de oven duwde en hem met een staafmixer z’n temperatuur wilde opnemen.’

‘Als ik er heel even tussen mag komen,’ – casemanager Elsbeth Opdekelder-Buitenmaat stak haar knokige hand op – ‘al die dingen die jij noemt, Boele, dat zijn allemaal vormen van communicatie. Hoe je het wendt of keert. Die mannen willen zich uiten. Maar door hun beperking in sociaal-cognitieve vaardigheden hebben ze vaak moeite het gedrag van de ander te begrijpen. Dat gaat ze gewoon nog niet altijd even gemakkelijk af.’

De directeur maakte een walgend geluid. ‘Ze communiceren er maar lekker een eind op los, maar niet meer onder mijn dak. Ik ben er klaar mee. Kunnen we dit outsourcen? Er zijn toch allerlei gespecialiseerde clubs die dit soort dingen veel beter kunnen dan wij? Gooi het anders naar binnen bij die jongens van W&W!’

Hoofdstuk 22

Angela gaf een krachtige ruk aan de ketting van de kasteelbel naast de keuken. Een helder klokgelui beierde over de binnenplaats, door het kasteelpark, over de slotgracht, tot diep in de wijngaarden.

'Wat een prachtig ouderwets geluid!' zei Kimberley, die bezig was de buitentafel op het achterterras te dekken. 'Dat werkt beter dan een appje.'

In de tot garage verbouwde paardenstal legde Sjeng zijn gereedschap neer en kroop onder een half gesloopte Peugeot 404 vandaan. 'De bel, ouwe. We gaan bikken.'

Zijn vader veegde zijn handen af aan zijn met smeerolie bevlekte broek. 'Ga jij maar vast. Ik haal die carburateur nog even los. Ik kom zo.'

Een halfuurtje later zaten Abel, Angela, Sjeng en Kimberley aan de gedekte tafel.

'Waar blijft die ouwe schurk?' vroeg Abel terwijl hij de wijn inschonk. Datzelfde moment ging achter hem de deur open en verscheen Kobus. Hij droeg een ouderwets bruin gestreept pak dat om hem heen slobberde, zijn haar was nat achterovergekamd en in zijn hand hield hij een verlept bosje bloemen. 'Ik eet niet mee,' zei hij. In zijn stem klonk een combinatie van verlegenheid en trots.

'Wat goed!' riep Abel. 'Je hebt een date!'

Kobus knikte bescheiden. 'Jullie buurvrouw vroeg of ik een keer bij haar kwam eten.' Hij grinnikte schaapachtig. 'En dat is nu.'

‘Onze buurvrouw?’ zei Angela verbaasd. ‘Wie dan?’

Maar Kobus was al weg.

***

De volgende avond kwam Kobus nog voordat de kasteelbel voor het eten had geluid in zijn oude eend de binnenplaats op scheuren. Hij stapte uit en liep om de auto heen om zijn passagier te helpen uitstappen, maar die gooide het deurtje al open en sprong kwiek naar buiten.

Abel stopte met tafeldekken. ‘Fifi!’ Hij rende op de 94-jarige scherpschutster af en omhelsde haar. ‘Wat leuk!’

Fifi was ongeveer een meter vijftig, waardoor ze tot net boven Abels navel reikte. Ze had haar blauw gebloemde keukenschort en afgetrapte roze pantoffels verruild voor een ouderwetse bloemetjesjurk waaronder een paar grote spierwitte Nikes. ‘Goed om jullie weer te zien!’ kraaide ze opgetogen.

Angela en Kimberley kwamen naar buiten rennen. ‘Fifiiii!’ riep Angela. Nu werd het kleine kaboutervrouwtje in een groepshug genomen en bijna doodgeknuffeld.

‘Ho ho, rustig an!’ protesteerde ze, maar haar rimpelige appelgezichtje straalde.

‘Hé!’ Sjeng kwam de hoek om. ‘Doen jullie een beetje voorzichtig met mijn vriendin!’ Hij omhelsde haar teder. ‘Hallo, strijdmakker. Alles kits?’

Bij de tafel trok Kobus glimmend van trots een stoel naar achteren en maakte een sierlijk gebaar. ‘Kom zitten, meissie! Dan gaan we lekker bikken.’

De maaltijd vergleed in opperste harmonie en er werd dusdanig vrolijk gelachen, gegeten en gedronken dat de zon ongemerkt achter de toppen van de bomen verdween en het kasteel langzaam in een roodkoperen schijnsel kwam te liggen. Er stak een briesje op, maar boven het achterterras hing nog een lome warmte.

'Iemand nog wat Griekse salade?' Uitnodigend hield Angela de schaal omhoog.

'Salade?' zei Kobus. 'Ik ben geen konijn. En ook geen Griek. Grieken zijn homo's. Maar zo'n stukkie kip wil ik wel.' Hij stak haar zijn bord toe.

Angela rolde met haar ogen naar Kimberley en schoof een gebraden kippenpootje op zijn bord. 'Voilà, monsieur,' zei ze hoofdschuddend.

'Niet zo flauw doen, pa,' zei Kimberley. 'We hebben hartstikke ons best gedaan op die salade.'

'Mooi,' grinnikte Kobus. 'Zo hoor ik het graag. Doen jullie maar goed je best. Dat moet ook, want daar houden wij van. Vrouwen horen in de keuken. Dat weet je toch? Het enige recht van de vrouw is het aanrecht.'

'Hé ouwe!' riep Sjeng. 'Kappen nou!'

Aan het ontbijt de volgende ochtend was Kobus, die normaal het hoogste woord voerde, opvallend stil.

'Is er wat, ouwe?' vroeg Sjeng na een tijdje.

De kleine man haalde nors zijn schouders op. 'Nee.'

'Je hebt toch geen ruzie gemaakt, pa?' vroeg Kimberley.

Kobus schudde kribbig zijn hoofd. 'Stom wijf,' gromde hij binnensmonds en mompelde daar nog wat onverstaanbare zigeunertermen achteraan.

'Wat is er dan gebeurd?' drong Kimberley aan.

Na enig volhouden kwam het hoge woord eruit. Nadat hij Fifi gisteravond had thuisgebracht, had ze hem te verstaan gegeven dat ze hem niet meer wilde zien. 'En het leek zo'n leuk meissie!' riep hij verontwaardigd. 'Ik had m'n nette pak aan, bloemetje mee, lekker gegeten, wijntje d'r bij en dan toch mij afzeiken!'

Angela glimlachte. 'Je had ook niet bepaald de meest romantische teksten, Kobus. Met je "vrouwen horen in de keuken" en zo.'

'Wat nou! Mag de waarheid niet meer gezegd worden of zo?'

Angela stond op en begon de ontbijtboel op te ruimen. 'Ik moet aan de slag. Maar ik denk dat we het hier nog 'ns over moeten hebben.'

'Lullig voor hem,' zei Abel in de keuken. 'Het was zo'n leuk stel.'

'Ja, maar ook lullig voor ons,' zei Angela terwijl ze de borden op het aanrecht zette. 'Als hij dat soort teksten straks tegen onze gasten gaat uitkramen...'

Hoofdstuk 23

Met een giftige mix van woede en teleurstelling staarde Platzer naar zijn telefoon alsof die er wat aan kon doen. 'Wat een bitch!' riep hij verbaasd. 'Dat kasteel voor m'n neus weg verkopen!' Hij merkte dat zijn woede niet alleen werd veroorzaakt door de zakelijke afknapper, maar dat er ook andere gevoelens een rol speelden en dat maakte hem nog bozer. Hij toetste het nummer van zijn gewaardeerde relatie Jean-Paul Ragondin, prefect van de regio Chaude.

'Oui, âllo?'

Platzer viel met de deur in huis en deelde zijn grief over het teleurstellende gedrag van de voormalige kasteeleigenaresse. 'Wat kunnen we doen?' besloot hij. 'Ze heeft het verkocht aan een stel halvegaren die er een soort hospitality center willen beginnen. Kan dat zomaar? Daar heb je toch allerlei vergunningen voor nodig? Brandvoorschriften, hygiëneregels, voor mijn part de mestwet. Je moet ze toch ergens op kunnen pakken? JP, ik heb alle kastelen hier bekeken en dit is het beste. Sterker nog, dit is het enige! Alle andere zijn halve ruïnes. We móéten dit château verwerven. Je weet dat we vanuit Disney grote plannen hebben met deze regio en ik mag toch hopen, Jean-Paul, dat jij je niet in de luren laat leggen door een stelletje hippies.'

In zijn werkkamer verplaatste de prefect nadenkend het inktstel met de goudglanzende adelaars op zijn antieke mahoniehouten bureau. Als die Amerikanen losgingen keken ze niet op een miljoentje. Hier gingen enorme bedragen geïnvesteerd worden. Plus nog eens de economische boost die zo'n pretpark zou geven aan de infrastructuur van zijn regio. Hij knikte. 'Oké Calvin, ik sta natuurlijk volledig achter je. Ik ga kijken wat ik hierin kan betekenen.'

Hoofdstuk 24

Omringd door zeven katten zat Kimberley in haar nieuwe Zonnestraalzaal. Ochtendlicht viel door de hoge ramen van de orangerie en liet de houten vloer glanzen. De katteneigenaar, voor zover je bij katten van een eigenaar kunt spreken, was Régis, een zwijgzame wijnboer die in weerwil van zijn bonkige voorkomen liefdevol samenleefde met zeven katten. Hij was met zijn voltallige menagerie naar Kimberley gekomen omdat het leeuwendeel van deze huisgenoten vrij plotseling was opgehouden met snorren.

Kimberley stond op om thee te halen. In het keukengedeelte stak Angela haar hoofd door het raam.

'Kijk 'ns, Kim!' Enthousiast hield ze een papier omhoog. 'Een boeking! Komt net binnen!'

'Yeey! Gaaf! Wat is het?'

'Een Nederlands bedrijf.' Ze las van het papier: 'Mundus. Ze doen aan "paleo-primal therapie". Zegt jou dat wat?'

'Ja...' zei Kimberley nadenkend. 'Daar heb ik wel 'ns wat over gelezen. Dat is een soort healing door wedergeboorte, verbinding zoeken met de natuur.'

'Ah, vandaar!' zei Angela. 'Ze hebben voor drie dagen geboekt. Veertien man! Ze vragen of we een "natuurtocht" voor ze kunnen organiseren!'

Hoofdstuk 25

Het was een lange hete dag geweest en nu, tegen het einde van de middag, straalden de stenen van de binnenplaats nog steeds een lome warmte uit. Het was windstil, de vogels zwegen en ook de cigales hadden hun getjirp gestaakt. Abel stond in de schaduw van de grote plataan en veegde met trage gebaren wat bladeren op een hoop. Wat is dit heerlijk, mijmerde hij, een toeristvrije binnenplaats. Helemaal geen zeurkousen meer! Die rust, die vrijheid... wat een zegen.

Hij was zich niet bewust van het feit dat een mens maar zelden klakkeloos gelukkig kan zijn. Zelfs niet als je Abel Jongbloed bent. Ergens diep aan de wortel van zijn hersenstam knaagde alweer een klein onheilskevertje. Het zeurde vaag over de financiële toekomst van dit kasteel, hoe zoiets als 'groepsaccommodatie' eigenlijk in z'n werk ging, wat voor soort mensen hierop af zouden komen en of hij zich daar nou zo onderhand niet 'ns een beetje op zou moeten gaan voorbereiden. Hij haalde zijn schouders op en veegde wat ontsnappende blaadjes terug. Ach, dat kwam allemaal wel. Een mens mag toch wel 'ns gewoon een beetje klootviolen? Of was dat soms te veel gevraagd?

Achter hem klonk het geklik van hoefjes over de keitjes. Hij draaide zich om. 'Ha Plato, trouwe makker, bonjour. Hoe is het? Alles goed?' Hij leunde op zijn bezem en streelde de ezel over zijn hals.

'Prima,' zei Plato. Hij keek beurtelings van de bezem naar

het hoopje bladeren. 'Blaadjes aan het vegen?'

'Tja,' glimlachte Abel. 'Moet ook gebeuren.'

Plato schudde zijn hoofd. 'Waarom? Het is niet de kunst om dingen te doen, het is de kunst om dingen níét te doen.' Hij flapperde even met zijn linkerezelsoor. 'Alles kan altijd anders. De heg kan geknipt, de boom gesnoeid, de blaadjes geveegd. Maar is het dan mooier? Of beter? Nee. Het maakt allemaal geen reet uit. Vind je het leuk om hier blaadjes te staan vegen? Prima. Lekker mee doorgaan dan. Denk alleen goed na of je niet iets nuttigers te doen hebt. Is blaadjes vegen écht wat je nu moet doen? Want één ding is zeker: je zult nooit jonger worden dan je nu bent. Je wordt alleen maar ouder. En straks ben je er helemaal niet meer. Dus lieve jongen, doe datgene waarmee je herinnerd wilt worden. En geniet van elke seconde.'

Om na te denken over dit advies was Abel op het achterterras gaan zitten. Met het kasteel in de rug was dat een fijne beschutte plek waar je een weids uitzicht had over het kasteelpark. Je kon er eekhoorntjes vrolijk van boom naar boom zien hopsen, grazende reeën bespieden of wilde zwijnen die met hun vochtige snuiten de bosgrond omwoelden op zoek naar eikeltjes. Maar vooral kon je er prachtig gadeslaan hoe in de verte de zon langzaam verdween achter de toppen van de bomen. Om een of andere reden deed de zon dat met de meest heftige kleuren rood, oranje, geel, violet, werkelijk op het kitscherige af. Soms leek het wel alsof het de laatste keer zou worden, haar afscheidsoptreden. Ook deze avond was het schouwspel weer zo indrukwekkend dat de avondmerels er het zwijgen toe deden en de krekels ophielden met krekelen.

Achter Abel klonken zware voetstappen en Sjeng liet zich in de stoel naast hem zakken. 'Ik hoor dat je klanten krijgt.'

‘Ja,’ grinnikte Abel. ‘Een groep zielzuiveraars.’

Sjeng snoof. ‘Veel plezier d’r mee.’

‘Kan best leuk worden. Ze zoeken verbinding met de natuur en ze willen dat we een survivaltocht voor ze organiseren.’

‘Een bootcamp? Met een stormbaan?’

‘Goed idee,’ zei Abel. ‘Maar ik heb iets anders gevonden.’ Hij glimlachte geheimzinnig. ‘Een zeer bijzondere ervaring...’

Hoofdstuk 26

De vloer van de kasteelkeuken was destijds betegeld met bourgognerode plavuisjes, met de hand gevormd uit rivierklei, en er was er niet een helemaal hetzelfde. In de loop der eeuwen waren ze ook nog eens uitgesleten door de duizenden voetstapjes van al die generaties bewoners, dus in die keuken liep je zo de Middeleeuwen in. Tegen de achtermuur stond een zwart ijzeren fornuis, afgezet met randen van glimmend koper. Het was zo groot dat Hans en Grietje er zelfs samen met de Heks makkelijk ingepast zouden hebben. Aan een stang erboven hing een rij glanzend gepoetste roodkoperen pannen in oplopend formaat. Ertegenover stond een slagershakblok waarin de diep uitgesleten kuil duidde op honderden jaren intensief gebruik. Het midden van de keuken werd gedomineerd door een meterslange riddertafel met een blad van zwaar notenhout waarover de glans van eeuwen lag. Er hing een knap gemaakte kroonluchter van hertengeweien boven, en daaronder, op een eenvoudige boerenkeukenstoel, zat Angela met een geconcentreerde blik op haar laptop te tikken.

Monter stapte Abel door het kralengordijn van de openstaande deur. 'Hallo, vervulling van mijn dromen.'

Verstrooid keek ze op. 'Hai lieverd, ben je d'r klaar voor?'

'Wat dacht jij! Onze eerste gasten! Dit is een historische dag! En jij? Ready to roll?'

'Nou en of,' zei Angela. 'Ik heb iets briljants gedaan. Ik heb Dieudonnée gevraagd of zij voor onze gasten lunch en diner wil gaan verzorgen en ze vindt het hartstikke leuk! Als ik van tevoren doorgeef hoeveel personen, komt zij het brengen. Geweldig, hè?'

'Top! Freedom, Poekie! Zei ik het niet?'

'Ze komen vanmiddag om drie uur,' zei Angela. 'De Mundusgroep, veertien personen. Paleo-primal therapie.'

'Ja, ik heb ze gegoogeld,' zei Abel niet zonder trots. 'Een groep zielzuiveraars inclusief een echte...' – hij maakte met twee handen naast zijn schouders een aanhalingstekengebaar – '... goeroe.'

Angela lachte niet. 'Ja, klopt. Heb je alles klaarstaan?'

Abel haalde zijn schouders op. 'Ik zou niet weten wat. Die zweverige types drinken vast geen wijn.'

'Aab!' schoot Angela uit. 'In dit kasteel gaan we allerlei soorten mensen ontvangen. En dat zijn lang niet altijd per se wijnliefhebbers. Je moet je aanpassen, hoor. Dit zijn geen B&B-gasten die morgen weer weg zijn, dit zijn mensen die een hele week blijven en daar serieus geld voor betalen. Dus please Aab, geen flauwe grappen straks.'

'Schatje toch!' riep Abel verontwaardigd. 'Hoe kun je dat nou zeggen? Ik ga die lui helemaal in de watten leggen! Die worden op hun wenken bediend! Die weten niet wat ze overkomt. Let jij maar 'ns op.'

Uit onmacht haalde Angela haar schouders op. 'Oké dan,' gaf ze toe.

Maar gerust was ze er niet op.

Een uurtje later keek Abel in Kimberleys Zonnestraalzaal tevreden om zich heen. Vol vuur was hij bezig geweest een sfeer te creëren die volgens hem in lijn lag met de wensen van zijn aankomende clientèle. In zijn eentje had hij de loodzware plofbank uit hun woonkamer hier naar binnen gesleept, in de vensterbanken stonden glaasjes met smeulende wierookstokjes en uit de Sonos-box klonken etherische sitarklanken. Op de lage tafel stond een pot gemberthee warm te blijven op een theelichtje.

'Wacht.' In een laatste vlaag van geniaal empathisch denken trok hij de rugkussens van de bank en gooide die op de grond. 'Zo'n goeroe gaat natuurlijk niet op de bank zitten, die wil op de vloer, in kleermakerszit.' Hij wreef in zijn handen. 'Laat maar komen, die wapperaars. Die gaan nog wat meemaken met hun survivaltocht!'

***

De goeroe droeg een strak maatpak van donkerblauwe stof. Hij was een eind in de vijftig en had grijs doorschoten haar dat hij kortgeknipt hield en een spitse mefisto-sik. In een toneelstuk zou hij heel goed een gesoigneerde versie van de duivel kunnen spelen. Hij stak een hand met een zilveren duimring uit. 'Ted,' zei hij ferm. 'Fijn je te ontmoeten.' Hij sprak 'Ted' uit op zijn Goois waardoor het klonk als 'Tit'.

'Abel,' zei Abel. 'Leuk dat jullie er zijn.'

'De groep komt zo. Ik ben wat eerder.'

'Hartstikke mooi.' Abel wees naar de kussens op de grond. 'Ga zitten, Tit...'

'Prima.' De goeroe schoof de kussens met zijn voet opzij en nam plaats op de bank.

Abel pakte de theepot. 'Kopje gemberthee?'

'Ik dacht dat jullie wijn maakten.'

'O, zeker! Glaasje Merlot?'

'Heel graag. En mag die muziek uit? Ik word daar een beetje

niet bien van.' Al pratend doofde hij met duim en wijsvinger de rokende wierookstaafjes. 'Kan er een raam open?'

Abel hief zijn glas. 'Welkom in De Hemel. Santé!'

'Cheers.' Goeroe Tit nipte van zijn wijn en knikte goedkeurend. 'Niet slecht.'

'Merci.' Abel had geen idee welke spirituele normen hij in acht moest nemen. Met dit soort cultfiguren wist je tenslotte maar nooit. Na een korte aarzeling vroeg hij zo achteloos mogelijk: 'Wat is zoal jullie, eh... specialisatie?'

Tit streelde zijn spitse sik: 'Met paleo-primal gaan we via een proces van healing, chakra en holistische psychologie terug naar de bron. We lichten het diepste van je ziel energetisch door en zoeken uit welke eigenschappen niet van jou zijn om zo je nieuwe zelf te ontdekken.'

'Okeee...' zei Abel twijfelend. 'En daarvoor wil je op survivaltocht.'

'Ja. We zijn met een groep eerstelingen, novices. We willen een verbinding aangaan met de natuur. Elke vorm van uiterlijk vertoon en van schaamte laten we achter. Alleen die paar dingen die er echt toe doen mogen blijven. Diep, diep terug naar de bron.'

'Top,' zei Abel. 'Dan hebben we de perfecte tocht voor jullie uitgezet.'

'Mooi. Wat kunnen we zoal verwachten?'

'Nee,' lachte Abel geheimzinnig. 'Ik zeg niks. Anders is het geen verrassing meer. Maar je gaat je verbazen. Dit wordt een hele bijzondere ervaring.' Hij stond op. 'Kom, dan laat ik je vast de slaapzaal zien.'

Trots troonde Abel zijn gast mee naar het verbouwde koetshuis. Aannemer Biasie had het gebouw in een dertigtal compartimenten verdeeld, van elkaar gescheiden door houten tussenwanden, elk voorzien van een bed, een kast en een wastafel.

'Perfect,' zei Tit. 'Lekker basic.'

Uit de richting van het château klonk geroezemoes. 'Ah, mijn klas,' zei Tit.

Op de binnenplaats troffen ze een groep mannen en vrouwen van diverse pluimage. Bij het zien van hun goeroe ging er een spontaan applausje op. 'Ted!' werd er geroepen. 'Wat gaaf hier!' Terwijl het lege busje de ophaalbrug afreed, werd er gehugd, op schouders geslagen en gewangkust.

Die avond gaf Tit een korte introductie. In kleermakerszit, omringd door zijn volgelingen, zat hij in het gras voor een hoog oplaaiend kampvuur dat Sjeng had aangelegd.

'Lieve mensen,' sprak hij met het sonore stemgeluid dat hij zich door langdurig oefenen had eigengemaakt. 'Welkom allemaal hier op Château De Hemel. We gaan er een heel spiritueel weekend van maken, een ontdekkingsreis naar onszelf. We gaan leren voelen met al onze zintuigen. Wat voor programma's draaien er in jou? En zijn dat wel echt jouw programma's? De verbinding die jij hebt met je voorouders leggen we bloot en we openen innerlijke deuren naar je hart. Liefdevol en zuiver stappen we je krachtenveld binnen en pellen alle laagjes af die niet jou zijn.' Met een soepele beweging stond hij op. 'Oké, lieve mensen. Morgen gaan we beginnen. Voor nu heel veel succes allemaal!'

Er werd geapplaudisseerd en gejuicht. Tit knikte goedkeurend. Even genoot hij zichtbaar van dit eerbetoon, toen maande hij met een bescheiden handgebaar tot stilte. 'Dank, dank... Ik zou zeggen: maak kennis met elkaar, heb elkaar lief en geniet van deze mooie avond. Maar maak het niet te laat, want morgen hebben we een overlevingstocht voor de boeg waar we al onze energetische kracht voor nodig zullen hebben.' Hij hief zijn armen, bracht een religieus aandoende afscheidsgroet en riep: 'Terug naar de bron!'

Hoofdstuk 27

Roemer Warners, directeur van W&W Special Outplacements, legde zijn telefoon neer. 'Goed nieuws, Wychard.'

Zijn compagnon keek op van zijn laptop. 'Wat?'

'Debbie, van PI Zutphen. Ze zitten met een stel zware jongens in een re-integratieprogramma. Maar dat schijnt een stel hondsbrutale aso's te zijn die totaal niet meewerken. Volgens Debbie zijn al hun therapieën mislukt en nu weten ze het niet meer. Of wij het voor ze op kunnen lossen.'

Wychard stak zijn duim op. 'Tuurlijk kunnen we dat. Mooie klus, man. Super! Gaan we doen.'

'Zeker weten!' zei Roemer. 'Hoe pakken we dat aan?'

'O, daar zijn allerlei gespecialiseerde clubs voor. Herintegratie met loopbaanbegeleiding, dat werk. Ik ken er een in Oss die misschien nog wel plaats heeft.' Hij trommelde even nadenkend op tafel. 'Aan de andere kant, dit hoort eruit alsof we een stel gevaarlijke gekken moeten zien weg te zetten. Als er met dat gajes echt geen land te bezeilen is, moeten we misschien toch even verder koekeloeren...' Hij klikte op het Google-icoontje.

Hoofdstuk 28

Al vroeg in de ochtend waren Abel en Kobus samen met Plato op weg om hout te halen voor het fornuis. Halverwege passeerden ze het grasveld in het kasteelpark waar de paleo-primal therapie al een aanvang had genomen. De cursisten zaten op de grond in een kring rond goeroe Tit, voor de gelegenheid in felgekleurde lycra sportkleding die bij de Tour de France niet misstaan zou hebben. Bij het zien van Abel stak hij zijn hand op. 'Abel, we komen een man te kort, zou jij vandaag kunnen inspringen?'

Nog nooit in zijn leven had Abel een briljante inval zo snel toegepast. 'Ik niet, maar hij wel!' Meteen duwde hij Kobus de kring in. 'Hier is je man!'

Voordat de bejaarde zigeunerman begreep wat hem overkwam, zat hij tussen Tits volgelingen in het gras.

'Succes!' riep Abel. 'Over een uur vertrekken we voor de overlevingstocht!' Snel maakte hij zich uit de voeten, de ezel aan het touw met zich meevoerend.

'Fijn,' zei Tit tegen Kobus. 'Welkom bij onze paleo-primal ochtendgroet. Vertel 'ns wat over jezelf. Hoe heet je en waar kom je vandaan?'

'Dat gaat je geen flikker aan,' gromde Kobus.

Tegenover hem zat een reusachtige vrouw met oranje orang-oetanhaar in een ruimvallend modderkleurig gewaad. Ze stootte een orgastisch gekreun uit. 'Ooo! Wat een heerlijke stoere vent, zeg! Wil jij vandaag mijn partner zijn, stoer beertje?'

Tit verhief zijn stem: 'Deze eerste dag, lieve mensen, zal in het teken staan van de liefde. We gaan de oerminnaar in onszelf blootleggen. We beginnen met allemaal een partner te kiezen.'

De grote vrouw sprong direct op en liet zich naast Kobus in het gras ploffen. 'Ik vóél gewoon dat jij een fijn mens bent,' zei ze in vervoering en sloeg haar armen om hem heen, waardoor hij vrijwel geheel aan het oog werd onttrokken. 'Je ziet er wel ruig uit,' kirde ze, 'maar je hebt maar zó'n hartje. Wat ben jij een heerlijk kereltje!'

Woest trappelend probeerde de half stikkende kleine man zich aan haar greep te ontworstelen.

'Rustig aan, Machteld,' maande Tit. 'Je komt te dicht in zijn aura. We beginnen met elkaar allemaal in de ogen te kijken en proberen elkaars trilling op te vangen.'

Angela maakte zich een beetje zorgen over de snelle teloorgang van de zo pril ontsproten romance tussen Kobus en haar voormalige buurvrouw, en die ochtend had ze besloten naar Fifi te rijden om daar poolshoogte te nemen. Ze trof de kleine vrouw in de stal achter haar boerderij, waar ze in haar blauw gebloemde huisschort met rubberlaarzen eronder bezig was een emmer in water geweekte maïs met hompen stokbrood te voeren aan haar varken Claudette.

Hoewel overstemd door luidruchtig smakkend geknor, slaagde Angela er toch in een pleidooi voor Kobus te houden.

Fifi bleek echter niet te vermurwen. 'Ik vond het best een vlotte man,' kefte ze met haar schrille stemmetje boven het geweld van het schrokkende varken uit. 'Maar toen hij van die rare dingen ging zeggen... Nee, dat hoef ik niet meer. Dat deed m'n vorige man ook en daar ben ik klaar mee. Ik ben een vrije vrouw en dat wil ik blijven.' Ze stak een grote houten spaan in de emmer en roerde de stukken brood door de resterende maïspap.

'Dat snap ik,' zei Angela. 'En je hebt helemaal gelijk, maar ach, Kobus zegt wel vaker dat soort gekke dingen. Maar hij meent het niet zo. Ik weet zeker dat hij spijt heeft. Ik heb een idee: laten we 'm gaan opzoeken.'

'Waarom zou ik?'

'Om hem de kans te geven zijn excuses aan te bieden?'

Fifi dacht even na. Toen greep ze met een stuurs gebaar de emmer maïs en goot hem leeg in de varkenstrog. 'Vooruit dan maar.'

Op het grasveld in het park was de zoektocht naar 'het voelen met al je zintuigen' in volle gang. Goeroe Tit was overgegaan tot de volgende fase: het blootleggen van de oerminnaar in jezelf via de zogeheten 'lijf-aan-lijfverbinding'. Hij had zijn discipelen in kleermakerszit tegenover elkaar laten plaatsnemen en hun gevraagd een creatieve manier te bedenken om de ander 'zich bijzonder te laten voelen'.

Juist op het moment dat de oranje tentvrouw Kobus' borstelige kop tegen haar boezem probeerde te trekken, kwamen Angela en Fifi de hoek om. De kleine zigeunerman spartelde tegen als een vis op het droge en probeerde uit alle macht te ontsnappen uit de imposante borstpartij die hem dreigde te verzwelgen.

Bij het zien van dit schokkende tafereel verstijfde de kleine vrouw. Even sloeg ze Kobus' vergeefse worsteling gade, toen draaide ze zich om en beende op haar rubberlaarzen zonder een woord heen.

Hoofdstuk 29

Het was nog geen tien uur in de ochtend en al behoorlijk warm. De lucht was strakblauw, grote witte wolken zweefden op min of meer gelijke hoogte boven het land. Als je op zo'n wolk zou zitten, zou je onder je een tafereel kunnen zien dat de nodige vragen opriep.

Op een kronkelig pad trok een wonderlijke stoet de heuvel over. Voorop liep een lange man met wapperkleding en jezushaar, in zijn ene hand een lange stok van het type 'sla er mee op de rotsen en er komt wijn uit', in zijn andere hand een rafelig stuk touw waaraan een grijze ezel met zadeltassen op zijn rug. In hun kielzog een grote bonkige man met een leren motorvest, een kleine tanige zigeuner met een haardos als een ontploft eksternest, een gesoigneerde heer met een puntsik en een dure leren schoudertas, en een dertiental figuren van verschillend pluimage; sommigen droegen rugzakken, anderen niet.

Ze passeerden een weide waarin een aantal reusachtige rotsblokken stond. Abel gebaarde met zijn stok naar een smal paadje dat er tussendoor slingerde. 'Hierheen!' riep hij zelfverzekerd.

De troupe volgde hem zonder morren. Uit het rotsveld liepen ze naar het oosten door een lommerrijk bos van oude eikenbomen, afgewisseld met beuken en hier en daar wat berkenbomen. Na ongeveer twee uur veranderde het bos in een heuvellandschap met weidegronden en naaldbossen.

Tit kwam naast Abel lopen, zijn gezicht rood bezweet. 'Is het nog ver?' hijgde hij.

‘We zijn d’r bijna,’ zei Abel. Met zijn staf maakte hij een Mozes-achtig gebaar naar de hemel. ‘Er is onweer op komst, we moeten voortmaken.’ Hij merkte dat het dragen van zijn herdersstaf, in combinatie met zijn research naar goeroegedrag, maakte dat hij zich enigszins pastoraal begon uit te drukken. ‘Donkere wolken pakken zich samen, maar het is niet wijd meer,’ zei hij op gedragen toon.

Tit vloekte binnensmonds. ‘Waar breng je ons in jezusnaam heen, man! We lopen al urenlang door dit apeland!’

‘Heb vertrouwen, mijn vriend,’ sprak Abel met een wijze glimlach.

Bij een heuvel die wat hoger was dan de rest, hield Abel halt. ‘Hier is het!’ Hij bond de ezel aan een boom en draaide zich naar de groep die hem afwachtend aankeek. ‘Aanschouw de poort naar je nieuwe leven!’ Met een geheimzinnig gebaar trok hij wat struiken opzij en onthulde een opening in de rotsen die was afgesloten met een roestige ijzeren deur die ooit legergroen was geverfd. Tijdens de voorbereiding van deze tocht hadden Sjeng en hij het slot met een slijpschijf verwijderd en Abel wist dat de boel soepeltjes open zou gaan.

Tit keek hem geërgerd aan. ‘Wat is dit voor onzin!’

‘Wacht maar,’ glimlachte Abel raadselachtig. ‘Dit is nog maar het begin!’ Hij trok de deur open en stapte naar binnen.

Beduusd stond de groep in het schemerduister van een metershoge grot, hun verbaasde gemompel weerkaatste hol tegen de wanden. Het rook er vochtig en schimmelig. Abel zette een ouderwetse schakelaar naast de deur om en boven hun hoofd floepte een rijtje peertjes aan. Een zwak schijnsel verlichtte de wanden van ruw uitgehakte kalksteen, hier en daar begroeid met mos waar dunne straaltjes water uit sijpelden. 'Dit is een oude kopermijn,' zei Abel. 'Al heel lang verlaten.' Hij liep naar een rond gat in het midden dat was afgeschermd met een houten hek. 'Hier gaan we d'r in.'

'Hoe diep is dat?' vroeg Tit argwanend.

'Helemaal niet diep,' stelde Abel hem gerust. Hij wees op een met mos begroeide touwladder die in het gat verdween. 'De mijngang begint daar direct onder. Maak je geen zorgen, dit wordt een prachtige natuurexperience. Echt heel mooi. Ik ga wel eerst.' Hij stapte over het hek, greep de ladder en klom omlaag.

Geholpen door Sjeng klommen de volgelingen een voor een achter hem aan naar beneden. Toen de laatste door het gat was verdwenen, stak Sjeng zijn hand uit naar Tit.

Maar die schudde zijn hoofd. 'Ik wacht wel hier tot jullie terug zijn. Dan kan ik vast wat dingetjes voorbereiden.' Hij deed een verwoede poging om leiderschap uit te stralen, maar daar moest je bij het hoofd van de Gipsy Bandits niet mee aankomen.

'Geen gelul,' zei Sjeng. Hij greep de goeroe in zijn kraag en trok hem naar de opening. 'Of je pakt de ladder, of je gaat op mijn manier.'

Met een verontwaardigde verwensing greep Tit de touwladder en klom voorzichtig naar beneden. Nadat hij vaste grond had bereikt, volgde Kobus en daarna Sjeng als laatste.

Buiten was het onweer in al haar hevigheid losgebarsten. Windvlagen geselden de bomen die doorbogen onder het geweld, uit inktzwarte wolken schoten bliksemflitsen naar de aarde. De kracht was zo enorm dat het geloei van de storm tot in de mijn hoorbaar was.

‘Wat is dat voor lawaai?’ vroeg Tit angstig.

‘O, niks,’ zei Abel. ‘Dat was voorspeld. Een buitje, waait zo weer over. En hier zitten we lekker droog.’

Boven hen klonk een oorverdovende donderslag die de rotsen deed trillen en voortrolde tot diep de mijngang in, direct gevolgd door plotselinge bliksemschichten en een heftige windstoot. Boven vloog de ijzeren deur uit haar hengsels, vaagde een stuk hek weg en de touwladder viel door het gat. In de mijngang begonnen zand en kiezels omlaag te vallen, steeds grotere stukken gebarsten steen vielen naar beneden, tot in een donderende lawine het plafond instortte. Schreeuwend van angst werd de groep bedolven onder een laag zand en stenen.

Hoofdstuk 30

In de grot heerste diepe duisternis. Niets bewoog. Van boven klonk het doffe gebulder van de storm. Langzaam richtten de verdwaasde mannen en vrouwen zich op uit de berg zand en stenen. Als een geest uit de onderwereld rees ook Abel uit het puin. Sjeng hielp een pijnlijk kreunende Tit overeind.

Abel haalde een zaklantaarn uit zijn rugzak en scheen in het rond. 'Is iedereen er weer?' Hij liep de groep langs en telde de geschokte cursisten. 'Gelukkig. We zijn compleet. Niemand gewond?' Er werd gekreund en gevloekt, maar geen van de deelnemers bleek ernstig letsel te hebben opgelopen.

Sommigen haalden hun telefoons tevoorschijn, maar nergens was bereik. 'Is er nog een andere uitgang?' riep iemand. Een ander vroeg: 'Komen ze ons zoeken?'

'Helaas,' zei Abel. 'Dit is de enige toegang en niemand weet dat we hier zijn. We moeten onszelf zien te redden.'

'Maar dan vinden ze ons nooit!' riep Tit paniekerig.

'Dat is ook niet nodig,' suste Abel. Maar hoe ze hier uit moesten komen had hij even niet paraat.

Tit bigde zich naar voren. 'Ik haal hulp. Als een paar van jullie op elkaars schouders gaan staan, klim ik naar boven en bel ik 112.'

'Oké,' gromde Sjeng. 'Ik ga wel onder.' Hij drukte zich met zijn rug tegen de rotswand en vouwde zijn handen voor zijn buik. Abel zette zijn voet in de kom van Sjengs handen, hees zich omhoog en ging op zijn schouders staan. Zoekend naar evenwicht slaagden de twee mannen erin te blijven staan. Boven hen gaf een streep licht aan dat het gat naar de vrijheid nog ver was.

'Nog iemand!' riep Abel. 'Berthold?'

'Oké.' Een lange man stapte naar voren en klauterde onhandig via Sjeng en Abel omhoog. 'Probeer je vast te houden aan de rotswand, Berthold!' zei Abel.

Met veel moeite wist Berthold zich op Abels schouders staande te houden.

'Kom maar, Tit!' riep Abel.

Tit greep Sjeng bij zijn armen, zette een voet op zijn knie en klom omhoog. Sjeng spande zijn spieren, op zijn voorhoofd zwollen dikke paarse aderen, maar sissend en grommend hield hij stand. Via Abel klom Tit nog hoger en bereikte Berthold, de derde man.

De rand van het gat kwam nu binnen handbereik. Trillend van inspanning drukte Berthold zich tegen de wand en graaide wanhopig naar houvast. Tit zette zijn voeten op Bertholds heupen en worstelde zich over hem heen omhoog. 'Rechtop staan!' gilde hij en zette zijn harde bergschoen op Bertholds hoofd. Met een kreet van pijn probeerde Berthold overeind te blijven, maar hij zakte langs de rots omlaag. Genadeloos zette Tit twee voeten op zijn hoofd, zijn schoen gleed langs Bertholds gezicht. 'Berthold, blijf staan!' schreeuwde Tit. 'Duw me naar boven! Ik ben er bijna!' Hij stak zijn arm uit en reikte naar de rand van het gat. Onder hem bloedde Berthold uit zijn neus en zakte steeds verder weg. Tit graaide opnieuw naar de rand, hij greep mis, zijn voet gleed weg en samen met Berthold stortte hij naar beneden. Schreeuwend van angst smakten de twee tegen de rotsbodem.

In het duister van de grot brak paniek uit, mensen begonnen te gillen.

Berthold lag op de grond. Zijn vriendin boog zich over hem heen en depte met een punt van haar shirt het bloed van zijn kapotte lippen. Toen ze Tit in het oog kreeg, stormde ze schreeuwend op hem af en begon hem te slaan waar ze hem kon raken.

Terwijl Sjeng de twee uit elkaar trok, verhief Abel zijn stem. 'Lieve mensen, lieve mensen, laten we vooral kalm blijven.' Hij liet de lichtbundel van zijn zaklantaarn langs de groep schijnen en richtte op Berthold. 'Ben jij oké?'

Zittend in het puin knikte die versuft. 'Ik geloof het wel.'

'Fijn, je bent een held, man. Goed gedaan. Dankjewel.' Abel richtte zich tot de groep. 'Laten we niet in paniek raken. Er is niks aan de hand. We zijn allemaal gezond en we gaan ook gezond weer naar huis. Maar als we hier uit willen komen, moeten we eensgezind zijn en geen ruzie maken. Ik zou jullie willen vragen in een kring om me heen te komen zitten, dan gaan we eerst 'ns tot rust komen.'

***

Bedekt met modder, koud, nat en ellendig zaten de volgelingen in een kring om Abel in het duister van de grot. Tit zat bibberend alleen in een hoekje.

Abel richtte zijn lantaarn op de groep, waardoor grillige schaduwen over de rotswand speelden. 'Laten we eerst onze ademhaling op orde krijgen,' zei hij. 'Rustig en intens door de neus ademen en gewoon "er zijn", niet meer dan dat. Doe maar.' Hij rechtte zijn rug en sloot plechtig zijn ogen. Terwijl boven hun hoofd de storm bulderde, werd het stil in de grot.

Gesterkt door zijn middagje research op Google gleed Abel moeiteloos in zijn rol van geestelijk leider. Met een trotse hoofdbeweging wierp hij zijn haar naar achteren en schikte zich nog iets rechter in de goeroehouding die hij onbewust had aangenomen.

'Lieve mensen,' zei hij toen iedereen een beetje was gekalmeerd, 'gelukkig. We zijn er allemaal nog. Laten we daar dankbaar voor zijn. Dat is ook een goed moment om erbij stil te staan hoe mooi het leven is en dat we ook daarvoor eigenlijk elke dag dankbaar zouden moeten zijn. Nu zijn we hier, omdat we een verbinding wilden aangaan met de natuur. Wel, dit IS de natuur, we zitten er middenin. We kunnen hier ook weer uit, maar dat kan pas als we een eenheid vormen. En daarvoor is het nodig om te weten wie we écht zijn. We moeten verbinden, elkaars trilling voelen. Daarom gaan we al ons uiterlijk vertoon laten varen, en alleen liefde en begrip voor de ander mogen blijven.' Hij pauzeerde even en zei toen zacht: 'Ik zou jullie willen vragen om allemaal je ogen te sluiten en elkaars hand vast te houden...'

Stil, met gesloten ogen, zaten de cursisten op de grond en hielden elkaars hand vast. Langzaam liet Abel zijn lichtbundel schijnen over hun bleke, modderbespatte gezichten. Tot zijn eigen verbazing stelde hij vast dat er onmiskenbaar rust over de groep was neergedaald. Nu moest hij doorpakken, zijn overwicht vasthouden en zo mogelijk uitbouwen. Maar hoe? Plotseling schoot hem een idee te binnen, een briljante gedachte waarmee hij twee vliegen in één klap zou slaan: zijn hoedanigheid van zelfbenoemde goeroe bestendigen en zich meteen kwijten van het appeltje dat hij nog te schillen had met Sjengs vader. Met een verheven glimlach hief hij zijn armen hemelwaarts en zei op pastorale toon: 'Oké, lieve mensen! We gaan terug. Terug naar de kern. Maar dat kan alleen... als we ons ontdoen van alle laagjes die daaromheen zitten... Kobus!' Hij richtte zijn stralenbundel op de kleine zigeunerman aan de overkant in de kring. Kobus schrok op.

'Wil jij even bij me komen zitten?'

'Waarom?'

'Doe nou maar.'

Schouderophalend stond Kobus op en zette zich tegenover Abel op de grond.

'Kobus,' zei Abel. 'Als je een oude boom omzaagt,' met een bijbels gebaar gaf hij de contouren van een boom aan, 'zie je zijn jaarringen. Dat zijn allemaal laagjes geschiedenis.' Hij keek de kleine man indringend aan. 'Die zitten ook in jou.' Hij zweeg even om dit te laten doordringen en vervolgde: 'De kern van die boom kan honderden jaren oud zijn. Ook bij jou is dat het geval. De meningen van je ouders en je voorouders zitten in jouw bloed en in je botten. Maar die meningen zijn allang niet meer van deze tijd. Dus die moet je kwijt. Nou zeg jij misschien: 'Ja, maar zo ben ik nou eenmaal', maar met die luie uitvlucht kom je hier niet weg. Je zult jezelf moeten zuiveren van die lulkoekideeën. Pas dan kun je vrij denken. Ik zou willen zeggen: Kobus, je bent een topper, maar verlos jezelf van die rare teksten die je zonder erover na te denken loopt na te papegaaien, want die zijn niet van jou, maar van je voorouders. Gooi die afgetrapte vooroordelen overboord en kom thuis in je nieuwe zelf. Je zal merken dat je leven daar een heel stuk leuker van wordt.' Hij keek Kobus indringend aan en voegde er op dramatische toon aan toe: 'Als je loslaat wie je bent, word je wie je zou kunnen zijn. Laat het los, Kobus, en je zult zijn als een vogel die zijn kooi ontvliegt!'

Met zijn ogen knipperend als een verbluft dwerghamster staarde de kleine zigeunerman Abel aan. Die knikte hem nog eens bemoedigend toe en klapte in zijn handen. 'Oké, de volgende. Wie wil er iets over zichzelf vertellen?'

In de groep stak een vrouw aarzelend haar vinger op.

Hoofdstuk 31

'Ga jij aan de andere kant!' riep Angela naar Kimberley, terwijl ze verwoede pogingen deed de wild trappelende geit op de achterbank van madame Faucons Renault Express te krijgen. 'Dan tillen we haar samen erin.'

'Wacht, laat mij eerst maar even.' Kimberley greep het dier bij de horens en drukte haar voorhoofd tegen dat van de geit. 'Niet bang zijn, Mathilde,' suste ze. 'Je gaat naar huis en je krijgt een vriendje. En een vriendinnetje. Kom maar...'

De geit leek daadwerkelijk wat rustiger te worden en samen met Angela slaagde ze erin het grote witte beest op de achterbank te krijgen. Kimberley streelde haar hals. 'Bravo, en nu naar huis jij, lekker de wei in.' Ze draaide zich naar madame Faucon aan het stuur. 'Als u er een of twee bij koopt, komt het helemaal goed. Geiten zijn kuddedieren, die kunnen niet tegen alleen zijn. En...' Ze schrok op van het geluid van hol galmende hoefjes over de planken van de ophaalbrug.

Op z'n gemakje kwam Plato de brug op kuieren.

Geschrokken renden de twee vrouwen naar hem toe. 'Waar kom jij vandaan, zo helemaal alleen?' vroeg Angela. 'En waar is Abel? En de rest?'

'Dit is niet oké,' zei Kimberley bezorgd. Ze legde haar arm om de ezelhals. 'Hé, je bent helemaal nat! Waar was je? En waar is Abel...'

Angela keek op haar telefoon. 'Hij heeft niks van zich laten horen.'

'Kom,' zei Kim en greep Plato bij het loshangende touw. 'We gaan ze zoeken.'

Terwijl Angela het oranje campertje over de départementale 223 stuurde, zaten Kimberley en Plato achterin. 'Hier naar links, Plato?' vroeg ze.

Staand tussen het kampeerkeukentje en de schuifdeur maakte de ezel, die in het kleine campertje opeens erg groot leek, een beweging die menigeen over het hoofd gezien zou hebben, maar Kimberley niet. 'Ja, hier linksaf!' riep ze naar Angela.

Na een klein uurtje rijden, omkeren en weer terugrijden, parkeerden ze voor een onverhard pad dat het bos in leidde. Ze stapten uit en zochten zich met Plato aan het touw een weg door de afgewaaide takken die overal over het pad lagen.

***

In de mijngang liet Abel zijn licht schijnen op de vrouw die haar hand had opgestoken. Ze was een jaar of zestig en had een deegachtige, bleke huid met diepliggende zwarte oogjes, alsof iemand er twee dropjes in had geduwd. In haar piekerige haar zaten nog wat zandresten. 'Zeg het maar, hoor,' riep Abel blijmoedig.

'Hallo,' begon de vrouw, 'mijn naam is Lente Eigenraam. Ik heb me ingeschreven voor deze cursus omdat ik vaak negatieve gevoelens heb.' Ze had de zeurderige toon van iemand die frequent deelnam aan praatgroepen maar alles wat ze zelf zei als het belangrijkste beschouwde.

'Ach, dat is heel vervelend voor je, Lente,' zei Abel begripvol. 'Heb je enig idee wat daar de oorzaak van zou kunnen zijn?'

‘Ja, ik ben naaldkunstenares, maar mijn werk wordt vaak ondergewaardeerd. Ik merk dat ik me daaraan irriteer, en daar erger ik me dan weer aan, omdat ik daar natuurlijk boven sta.’ Streng keek ze Abel aan.

Abel knikte wijs. ‘Ik begrijp dat, Lente. Negatieve gevoelens kunnen overweldigend zijn. Je denkt dan: ik voel het, dus het is zo. Maar gevoelens moet je wantrouwen en gedachten zijn geen feiten. Heel veel kunstenaars hebben pas op latere leeftijd de erkenning gekregen die ze verdienden. Vincent van Gogh bijvoorb–’

‘Hallooo!’ klonk het opeens boven zijn hoofd.

Verrast richtte Abel zijn zaklantaarn omhoog en keek recht in het gezicht van zijn vrouw.

***

‘Kom op, Plato!’ riep Kimberley. ‘We zijn d’r bijna!’ De ezel zette zich schrap en stapje voor stapje trok hij met de sleepkabel een cursist uit het gat. Angela had de eerste zes slachtoffers al met het busje terug naar het kasteel gereden en op het pad stond een vijftal nieuw opgetakelde natuurverbinders het zand van hun kleren te kloppen.

Plato trok achtereenvolgens Kobus en Sjeng naar boven en tot slot was het de grote leider zelf die als laatste voet op het ondermaanse zette. Nadat hij zijn vrouw uitvoerig had omhelst, drukte hij zijn gezicht tegen Plato’s vochtige ezelneus. ‘Dankjewel, grote held,’ fluisterde hij. ‘Je hebt onze levens gered.’

‘Wen d’r maar an,’ glimlachte Plato en flapperde even met een scheef oor. ‘Want ik heb zo’n idee dat ik binnenkort opnieuw voor je aan de bak kan...’

Hoofdstuk 32

Goedgemutst als altijd kwam Roemer Warners het kantoor van W&W Special Outplacements binnen. 'Ciao, bello!' riep hij tegen zijn compagnon. 'Hoe gaat ie?'

'Ik kom er niet helemaal uit,' zei Wychard bezorgd. 'Ik heb bij Zutphen de profielen van die gasten opgevraagd. Allejezus man, dit is echt heavy shit! Er schijnen wel bewakers mee te gaan, maar ik zou het wel een fijn idee vinden als we dit zooitje ergens kwijt konden waar ze geen herrie kunnen trappen. Ik wil ze in elk geval liever niet hier in de buurt hebben.'

'Shit,' zei Roemer. 'Dat is een tegenvaller. Maar je hebt gelijk, hoe verder weg, hoe beter. We moeten niet hebben dat we er straks allerlei gedoe over krijgen.' Hij grinnikte. 'Een goelag in Siberië zou mooi zijn.'

Wychard lachte niet. 'Dit is een vette klus, Roem. Daar gaat straks een riante factuur voor de deur uit. Dus zullen we dit wel even serieus goed doen?'

'Ja, nee, tuurlijk, tuurlijk,' haastte Roemer zich. 'Nee, blijf in godsnaam door zoeken, zeg. Niet opgeven, hoor. Maar laten we ook 'ns buiten Nederland gaan kijken. Wie weet vinden we daar iets geschikts.'

Hoofdstuk 33

Een beetje zenuwachtig en onwennig in zijn veel te grote pak klopte de 84 jaar jonge zigeunerman op de keukendeur van Fifi's boerderij.

Met zijn ene hand voelde hij snel nog even aan zijn weerbarstige haar, dat hij voor zijn vertrek met een flinke lik haarvet in model had gedwongen, in zijn andere klemde hij een morsig stukje linnen.

De deur ging op een kier open. Fifi droeg haar blauw gebloemde huisschort en haar versleten roze pantoffels. 'Bonjour,' zei ze afstandelijk. 'Wat is er?'

Kobus stak zijn geopende hand uit. 'Een cadeautje.'

Fifi keek naar het smoezelige vodje. 'Waarom?'

'Een klompje goud,' zei Kobus trots. 'Voor jou.' Met een verlegen glimlach voegde hij eraan toe. 'Omdat jij een gouwen wijffie bent.' Hij vouwde het lapje open en toonde haar een stukje geelglanzend metaal.

Fifi keek ernaar zonder aanstalten te maken het aan te pakken.

Kobus stak zijn hand dwingend naar voren. 'Hier! Voor jou!'

Op het rimpelige appeltjesgezicht van de 94-jarige scherpschutster verscheen een wantrouwige frons. 'Hoe kom je daar dan aan?'

'Zelf uit een goudmijn gehaald. We waren in een goudmijn gevallen, met Sjengie en Abel, en daar ben ik toen gezuiverd. Ik heb spijt. Ik heb m'n kern afgepeld en ik zal voortaan eerst nadenken voor ik iets stoms zeg. Daarom heb ik dit voor jou meegenomen.' Hij boog zijn hoofd en terwijl hij naar de punten van zijn schoenen keek, vroeg hij schuchter: 'Heb je zin om morgen bij ons te komen eten?'

***

De paleo-primalgroep, inclusief goeroe Tit, was vertrokken en de rust in Esoterisch Centrum De Hemel was wedergekeerd. Om dat te vieren hadden Angela en Kimberley de druivenplukkerstafel op het achterterras van het kasteel gedekt en nu zaten ze met z'n allen aan een feestdiner.

Plato stond tussen Sjeng en Kimberley en knabbelde tevreden aan een verse worteltaart die zij speciaal voor hem had gemaakt. Abel hief zijn glas. 'Santé, op de goede afloop.'

'Proost, mafketel,' zei Sjeng en zette zijn flesje bier aan zijn mond.

'Maar ook op Kobus en Fifi,' zei Kimberley. 'Santé, tortelduifjes!'

Fifi lachte verlegen. Kobus sloeg zijn arm om haar heen. 'Ja, het is weer aan. Ik ben gezuiverd! Ik lul niet meer!'

'Dat wil ik meemaken,' zei Sjeng.

'Zeker weten,' zei Kobus blakend van zelfvertrouwen. 'Van een klein driftig kereltje ben ik veranderd in een grote geduldige man.'

'Maar je bent nog steeds een klein kereltje.'

'Zo voelt het niet.'

'Ik wil niet vervelend doen,' zei Kimberley. Ze wees op het cadeau van Kobus dat voor Fifi's bord lag te glanzen. 'Maar dat is geen goud, hoor. Het is koper.'

Kobus keek haar verstoord aan. 'Koper?'

'Ja, maar dat is helemaal niet erg. Koper is een geneeskrachtig edelmetaal. Het geeft trillingen af op een frequentie die de energie in een ruimte zuivert en terug in balans brengt.'

'Nou, dat kunnen we hier goed gebruiken,' zei Angela.

Iets in haar stem deed bij Abel een alarmbel rinkelen, maar hij reageerde niet.

Trots pakte Fifi het brokje metaal op. 'Voor mij is het goud.' Ze keek even naar Kobus. 'Omdat ik het van hem heb gekregen.'

Kimberley glimlachte vertederd. 'Wat lief...'

Angela stak een houten lepel in de pompoensalade. 'Wie wil er wat?'

'Wat bedoelde je met "dat kunnen we hier goed gebruiken", Poekie?' vroeg Abel terwijl hij zijn bord bij hield.

Ze bevroor in haar beweging. 'Snap je dat niet?! Een mijninstorting! Jullie waren er bijna geweest! Op een haar na een hele groep gasten de dood in gejaagd. Dat is toch totaal onverantwoordelijk? Dat is –'

'Maar schatje toch,' zei Abel verrast. 'Dat was toch een fantastisch avontuur? Zoiets maakt je juist sterker! Ik heb waanzinnig veel geleerd.' Hij keek naar Sjeng. 'Toch? Sjeng? Kobus? Was toch hartstikke te gek?' Hij legde zijn arm om Angela's schouders en kuste haar wang. 'Maak je toch niet zo'n zorgjes, lieverd. Kijk 'ns hoe we d'r nu bij zitten. Een tafel vol lekker eten, mooie wijn, we zijn vrolijk en gezond, één grote familie!'

Angela bleef stokstijf staan, haar hele verdedigingssysteem op code rood. Toen schudde ze vermoeid haar hoofd, en met een zucht die uit haar tenen leek te komen schepte ze Abels bord vol.

Halverwege de maaltijd stond Abel op. 'Even een boom water geven,' grapte hij en liep het kasteelpark in. Eenmaal uit het zicht voegde hij de daad bij het woord. Tijdens het geruststellende geklater hief hij zijn hoofd op en keek naar het uitspansel. Boven hem flonkerden duizenden sterren, als zwart papier waar gaatjes in waren geprikt. Wat ben ik toch niets, peinsde hij. Nog minder dan druppel op een gloeiende plaat of een pluisje in de wind. Maar dat niets schept ook onnoemelijk veel mogelijkheden. Vanuit niets is immers alles denkbaar... Op dat moment doemde er in het onnavolgbare gangenstelsel van Abels brein langzaam een gedachte op. Of eigenlijk meer een conclusie. 'Nu weet ik hoe het zit,' mompelde hij in zichzelf. 'Nu valt mij een inzicht ten deel van een totaal begrijpen. Nu vallen alle stukjes op hun plek.' Hij knoopte zijn pantalon dicht en begaf zich terug naar de tafel.

'Goeroe?' Angela's stem sloeg over van verbazing. 'Jij?'

'Yes!' In een overwinnaarsgebaar stak Abel zijn handen in de lucht en spreidde zijn vingers in twee V-tekens. 'Daar in die mijn kwam alles wat ik in m'n leven heb meegemaakt bij elkaar. Al mijn ervaring, de fouten die ik heb gemaakt, maar ook de leuke dingen, de mensen die ik heb ontmoet.' Hij lachte. 'En niet in de laatste plaats alles wat ik van jou heb geleerd, Poekie. Ik ben ervan overtuigd: als ik nog wat van die goeroesites door scrol en ik lees wat van die teksten, dan ben ik een supergoeroe.'

Angela keek naar Kimberley en zond vrouwelijke hulpsignalen uit, maar die kwamen blijkbaar niet aan.

'Weet je,' zei Kimberley. 'Dat zou me nou niks verbazen. Ik vind dat Abel altijd een hele positieve energie heeft. Een zachte uitstraling. Ja hoor, ik zie dat wel gebeuren.'

'Dank je!' riep Abel. 'Dat vond die groep dus ook. Afgezien van Tit waren ze achteraf allemaal heel positief, ze vonden het "een unieke ervaring". Ik denk echt dat ik het in me heb. En als ik goeroe word, kunnen we alle cursussen zelf gaan organiseren.

Kick out the middleman, weetjewel! Baas in eigen château! Dan kan De Hemel uitgroeien tot een volwaardig Esoterisch Centrum!'

Angela schudde haar hoofd. 'Maar wat voor soort cursussen denk je dan aan, Aab?'

'Ach lieverd, die verzinnen we toch zo? Een cursus Paardenbloempluis blazen, cursus Peddel snijden, cursus Knopen doorhakken, of...'

'Maar Aab,' onderbrak Angela hem, 'dat kán jij toch allemaal niet?'

'Tuurlijk wel! Heb een beetje vertrouwen in me, lieverd. En in ons. Samen staan we sterk. We hebben allemaal onze specialiteit en met z'n allen gaan we hier een groot succes van maken. Jij zou bijvoorbeeld een cursus Man zijn voor vrouwen kunnen doen. Sjeng kan een cursus Geweldloos communiceren geven.'

Sjeng fronste. 'Als iemand niet doet wat ik zeg, dat ik hem dan géén ram voor z'n kanis geef?'

'Precies!' lachte Abel. 'Dat is het basisprincipe van geweldloos communiceren. En Kim, jij kan workshops Spreken met dieren doen. Te gek toch? Kobus kan, nu hij zijn oude lulpraatlaagjes heeft afgepeld, een cursus Omgaan met vrouwen geven. Hoe maak je contact met vrouwen en zo. Heel veel mannen hebben daar moeite mee.'

'Goed idee,' zei Angela. 'Het enige recht van de vrouw is het aanrecht. Ze zien hem aankomen.'

'Nee hoor,' zei Abel. 'Kobus is gezuiverd, dat soort dingen zegt hij niet meer.'

'Lazer op!' riep Kobus verontwaardigd. 'Ga dat zelf maar doen.'

'Welkom in de tuin der liefde!' galmde Abel over de tafel.

'Dat zijn dan je eerste woorden, Kobus. Jij wordt een knaller bij de vrouwen, man. Onze grootste hit: de knuffelzigeuner.'

'Je kan m'n rug op,' gromde Kobus en draaide zich naar Fifi. 'Dat ga ik echt niet doen hoor meissie...'

'Ik heb nóg een briljant plan,' ging Abel door. 'Die bisnisjongens die de hele dag bezig zijn met poen verdienen. Druk druk druk, vier socialmedia-accounts tegelijk, tijdens het werk elke vijf minuten switchen van Insta naar Twitter en weer terug. Die kunnen zich niet meer concentreren, die hebben het geheugen van een goudvis. Voor die lui beginnen we de cursus Niks doen. Gewoon zitten en geen moer uitvoeren.'

Angela schoot in de lach. 'Dat is dan wel weer een heel goed Abel-idee, lieverd. Ik denk inderdaad dat zo'n cursus jou heel goed af zou gaan.'

'Aab,' zei Angela toen ze een paar uur later in hun hemelbed lagen. 'Hoe serieus meende je dat nou?'

'Dat goeroe zijn? Hartstikke serieus!' Hij draaide zich naar haar toe zodat ze met hun neuzen naar elkaar lagen en streelde over haar krullen. 'Net als jij voel ik me ook heel dubbel,' zei hij zacht. 'Dat we nu hier zitten en niet meer in onze liefdesmas. Maar ik ben nog net zo verliefd op dit kasteel als eerst.' Hij drukte een kus op haar voorhoofd. 'Net als op jou... Juist omdat ik me schuldig voel, omdat het mijn idee was, wil ik De Hemel levensvatbaar krijgen. En ik denk dat we met mijn nieuwe plan heel goed bezig zijn. Daar in die mijn, je had erbij moeten zijn, Poekie. Ik ging als een speer. Dus ja, ik voel dat ik een hele goeie goeroe kan zijn en dat we daar een bloeiend bedrijf van kunnen maken.'

'Mijn god,' zuchtte Angela. 'Wat ben je toch verschrikkelijk.' Ze schudde haar hoofd. 'En het ergste is,' ze slaakte een vermoeide zucht, ‘ik begrijp je. En ik hou van je. En ja, natuurlijk doe ik met je mee. We gaan er samen voor. Maar dan pakken we het vanaf nu wel serieus aan. Beloof je dat?’

Abel, die in zijn hele leven nog nooit iets serieus had aangepakt, kuste haar lippen. ‘Maar natuurlijk, lieverd!’

Hoofdstuk 34

'Nou, Poekie, wat vind je d'r van?' Gehuld in een lang wit gewaad van dunne stof daalde Abel de kasteeltrap af en keek zijn vrouw aan met een blik alsof hij model stond om te worden afgebeeld op een munt.

Angela keek op van haar laptop en schoot in de lach. 'Wat is dát in 's hemelsnaam?'

Abel spreidde zijn armen alsof hij de Rode Zee opende. 'Een jezuskleed, besteld bij Etsy. Vanochtend bezorgd. Gaaf hè?'

Gierend van de lach stak ze haar hand uit. 'Heb je de verpakking nog?'

'Ja, hier.'

Ze trok de pakbon uit de doos en las hardop: 'Kaftan voor mannen. Marokkaanse Djellaba. Lange jurk voor mannen voor bruiloft. Deze Marokkaanse kleding is handgemaakt in zachte stof katoen.' Ze schoot opnieuw in de lach. 'Maar dat heb je toch helemaal niet nodig, Aab? Tit zag er toch ook heel gewoon uit? Mooi strak in het pak, dat is zoals goeroes er tegenwoordig uitzien.'

'Ja, hallo!' protesteerde Abel. 'Ik wil toch zeker geen Tit zijn! Alsjeblieft zeg, hou op met me!' Hij wervelde om zijn as, liet zijn djellaba wapperen. 'Kijk, Poekie, je kan maar één keer een eerste indruk maken, dus zo'n goeroe-outfit moet meteen binnenkomen, dat moet knallen.'

'Ja maar lieverd, dit is een Marokkaanse mannenjurk! Voor naar een bruiloft!' Ze tikte iets in. Op het scherm verscheen

een man die wel wat weg had van Abel, in een lang wit gewaad met een bloedrode sjerp. 'Doe dan dit.' Ze las voor: 'Messias Jezus Kostuum. Man. € 31,95 bij Amazon. Morgen in huis.'

***

'Hé!' riep Angela toen Abel de volgende ochtend in zijn gewone vaalwitte wapperkleren de trap afkwam. 'Toch maar geen jezuskleding?'

'Neu, dat is dit eigenlijk al een beetje. Als er al sprake gaat zijn van enig gezag, zal het toch uit míj moeten komen en niet uit wat ik aan heb.'

'Wow,' lachte Angela. 'Wat een wijsheid, zo vroeg in de morgen. En je bent nog niet eens in functie.'

Na hun ontbijt op het achterterras, met koffie en warme croissants, liep Abel door het kasteelpark naar de paardenstal. De zon was nog niet lang op en de vogels zongen alsof het de nationale tuintelling was. Verzaligd snoof Abel de frisse geur op van de ontwakende natuur. Het droombeeld over zijn perfecte wereld kwam weer in hem op: Esoterisch Centrum De Hemel, oase van rust en bezieling. Ontspannen wandelen door een park waar vogels zingen en een briesje de blaadjes laat dansen. Tot jezelf komen, boeiende gesprekken, inspirerende inzichten. Het paradijs van de liefde. Pure, onbegrensde liefde... Uit de verte klonk het machteloze gepruttel van een niet-startende automotor. Ha, dacht Abel, de jongens zijn al lekker bezig. Tussen de bomen verschenen de contouren van de paardenstal.

Abel liep de geopende vleugeldeuren door. Binnen was in tweehonderd jaar niets veranderd, het gebouw ademde een sfeer alsof de paarden het gebouw zojuist hadden verlaten. De vloer was bestraat met handgevormde klinkers, in de loop der eeuwen betreden door ontelbaar veel hoeven, de boxen waren van elkaar gescheiden door tussenschotten van dikke houten planken, zwart geworden door de tijd, gevat in gietijzeren palen voorzien van fraaie ornamenten van bloemslingers. Alleen stonden er tussen die schotten geen briesende paarden meer, maar authentieke voitures uit de belle époque van de Franse auto-industrie. Zonlicht uit de hoge ramen viel op klassiekers als het icoon van Renault, de R4 'Quatrelle'. Daarnaast een glanzend gerestaureerde Deux Cheveaux, een Peugeot 404 'Vendanges', een Citroën Méhari en een Renault 504 Pininfarina.

Sjeng en zijn vader stonden met hun hoofd onder de motorkap van hun laatst verworven schat: een Citroën DS Berline uit 1969.

'Bonjour!' riep Abel.

Sjeng schrok op en stootte met een doffe bonk zijn hoofd tegen de motorkap.

'O, sorry,' zei Abel. 'Hoe is het? Hoe gaat de bisnis?'

Kobus stak zijn duim op. 'Loopt als een tierelier! Vorige week drie auto's verkocht!'

Sjeng wreef over zijn kaalgeschoren kop. 'Ja,' zei hij met een verbaasde grimas. 'Die ouwe karren zijn niet aan te slépen. Mensen beginnen ze nu al vooruit te bestellen. Willen ze blind kopen.'

'Gelukkig staan d'r hier nog zat,' zei Kobus. 'Maar we moeten wel weer op zoek. De boer op, zoontje!'

'Nou, hartstikke mooi!' zei Abel. 'Maarre... ik heb een ideetje en ik ben benieuwd wat jullie daarvan vinden. Zullen we even naar buiten gaan?'

Op een houten bank tegen de muur van de stal gingen ze in het zonnetje zitten. Abel in zijn witte wapperkleding, Sjeng in zijn motorbendevest en de kleine zigeunerman in een gescheurde spijkerbroek en versleten T-shirt vol olievlekken.

'Ik heb een beetje rond gegoogeld voor die cursussen die we willen gaan geven,' begon Abel. 'En daar is onwijs veel in te doen. Maar de absolute nummer één is de cursus Man zijn voor mannen.'

'Da's gauw verdiend,' zei Kobus. 'Iets zijn wat je al bent.'

'Nee,' zei Abel. 'Het is voor mannen die zijn opgegroeid zonder vader. En die hun vader zo erg missen dat ze daar last van hebben.'

'Nou,' lachte Sjeng, 'ik mis m'n vader bepaald niet! Die ouwe staat me de hele dag de oren van m'n kop te lullen.'

Grinnikend veegde Kobus zijn met smeer bedekte handen af aan zijn broek. 'Misschien dat je dan eindelijk 'ns een keer luistert.'

'Volgens die sites,' ging Abel door, 'moeten die mannen op zo'n cursus "afdalen naar hun diepste kern om hun angsten, frustraties en boosheid te leren kennen en accepteren". Daarvoor moeten ze in een kring zitten, elkaars hand vasthouden en niet bang zijn om te huilen.'

Ongeïnteresseerd haalde Sjeng zijn schouders op. 'Prettige wedstrijd...'

'Hoho, dit is onze nieuwe bisnis,' zei Abel. 'Maar ik denk dat zo'n cursus ook anders kan.' In zijn ogen verscheen de opgewonden gloed die, als Angela het zou zien, direct alle alarmbellen bij haar zou doen afgaan. 'Kijk,' ging Abel door. 'Wij hebben iets wat niemand heeft, namelijk dit kasteel. Daarmee kunnen wij een heel nieuw soort cursussen aanbieden: cursus Zwaardvechten, Torenklimmen, Katapult schieten, Potten brandende olie omlaag gooien. We kunnen een kasteelsurvival doen. Pijl en boog maken en een konijn schieten om op te eten.

Bushcraft weetjewel. Op zo'n keiharde survivaltocht gaan die mannen behoorlijk hun "angsten, frustraties en boosheid" leren kennen, denk ik zo.' Enthousiast keek hij van Sjeng naar Kobus, die hem bevreemd aanstaarden. 'Nou? Wat vinden jullie d'r van?'

***

Zo vlak voor het middagmaal was het rustig op het terras van de Bar du Marché. Abel en Angela zaten op de rode ijzeren stoeltjes in de lommer van de platanen met een kopje van uitbater Jean-Lucs gevreesde koffie (waarvan de smaak door Abel werd omschreven als 'lekvocht uit de septic tank') en keken uit op de fontein met een kroon van donkergroen mos waar water uit sijpelde.

'Ze doen mee!' zei Abel triomfantelijk. 'Toen ik het hele idee een beetje had uitgelegd, vond Kobus het hartstikke goed en na een beetje rukken en trekken Sjeng ook. Leuk hè?'

Angela knikte en volgde met haar ogen de petanquespelers op de jeu-de-boulesbaan aan de overkant van het plein. 'Dat is mooi.' Ze wilde een slokje koffie nemen, maar bedacht zich net op tijd en zette haar kopje weer op tafel. 'Maar Aab, als je dat echt wilt gaan doen met zo'n cursus Man zijn...'

'Ja?'

'Vind je dan niet dat zoiets ook moet deugen?'

'Wat bedoel je?'

'Ik bedoel dat torenklimmen, katapult schieten en brandende olie omlaag gooien. Dat is allemaal heel leuk, maar wat bereik je ermee? Als je echt het verschil wil maken met je cursus, zou je er dan niet meer van willen weten? Hier komt serieuze psychologie bij kijken. En als jij echt succesvol wil zijn, zul je je er veel meer in moeten verdiepen. Lees er 'ns een goed boek over!'

‘Mwoah,’ zei Abel. ‘Boeken... ik weet ’t niet. Ik ben liever creatief, weetjewel. Zelf dingen uitvinden...’ Hij stak zijn hand op om twee roseetjes te bestellen. ‘Maar speciaal voor jou beloof ik dat ik me goed zal voorbereiden...’ Hij voelde zich zekerder van zichzelf dan ooit. De vooruitzichten waren ideaal. Wat kon er misgaan?

***

Omzichtig knipte Abel twee rondjes uit een lege fles zonnebloemolie. Hij nam het latje waarop Kobus twee zaklantaarntjes had bevestigd, plakte de plasticjes op de lampjes en knipte ze aan. Twee gele lichtjes schenen op de muur.

‘Dit zijn wolvenogen, Kobus,’ zei Abel. ‘Hier ga jij mee in de bosjes zitten. Jij bent een wolf die door het struikgewas loert, klaar om een cursist uit de kring te sleuren en met huid en haar te verslinden.’

Kobus krabde in zijn borstelige haar. ‘Trappen ze daar in?’

‘Met boter en suiker,’ zei Abel zelfverzekerd. ‘Als we het van tevoren flink spannend maken, schrikken ze zich te pletter.’

‘Als je het echt spannend wil maken, moet je een paar valkuilen graven,’ zei Sjeng. ‘Dan wordt ’t pas echt lachen.’

‘Ja,’ viel Kobus hem bij. ‘Met struikeldraden d’r voor!’

‘Goed idee!’ zei Abel.

Hoofdstuk 35

Met een arm vol baguettes kwam Abel de kasteelkeuken in. 'Dag, draagster van mijn levensgeluk.' Hij legde de stokbroden op tafel en kuste Angela op haar hoofd. 'Als ik jou zie zingt mijn hart!' Met zijn neus in de lucht snoof hij de geur op. 'En dan ook nog verse appeltaart bakken! Door jou knap ik nog 'ns uit elkaar van gelukkigheid.'

Angela lachte. 'Wat lief! En dat van een echte goeroe nog wel. Ik...' Op dat moment verscheen een lange man in de deuropening. Hij droeg een strakke jeans, een gestreken overhemd zonder das en een donkerblauwe blazer. 'Sorry dat ik zomaar binnenval, maar is dit het Esoterisch Centrum?' Hij sprak Frans met een sterk Amerikaans accent.

'Bonjour!' zei Abel. 'Zeker, dat is hier.'

'Ah, gelukkig.' Hij stak zijn hand uit. 'Mijn naam is Calvin Platzer. Ik werk voor de Green Planet Heritage Foundation. Dit is mijn kaartje. Wij zijn een non-profitorganisatie die zich bezighoudt met het beschermen van cultureel erfgoed om het te behouden voor toekomstige generaties.'

'Bravo,' zei Abel.

Platzer glimlachte. 'Ik overval u er misschien een beetje mee, maar ik ben gekomen om te bespreken of er bij u wellicht interesse bestaat om dit kasteel te verkopen.'

JAAA! schreeuwde elke vezel in Angela's lichaam.

NEEE! dacht Abel.

Met een kop koffie aan de keukentafel legde Platzer uit dat hij op de hoogte was van de recente verkoopprijs en dat zijn organisatie bereid was het onroerend goed over te nemen tegen een hoger bedrag. Langs zijn neus weg hengelde hij naar de omzetcijfers van De Hemel, maar zowel Angela als Abel gingen daar niet op in. Uiteindelijk stond hij op en schoof zijn visitekaartje naar het midden van de tafel. 'Voilà, u heeft mijn kaartje. Ik hoor graag van u.'

'Wat een patjepeeër,' zei Abel toen hij weg was. 'De hele keuken stinkt naar z'n aftershave.'

'Maar wel een zakenman!' zei Angela. 'Ik vind het de moeite van het overwegen waard.'

'Alsjeblieft, Poekie! Ons paradijs der liefde verkopen? Net nu we op het goede spoor zitten? Dat zou toch eeuwig zonde zijn? We gaan allemaal hele leuke cursussen doen! We gaan geld verdienen! Please, Poekie, laat me dit afmaken! Geef me die kans!'

Angela speelde haar laatste troef. 'Laten we Sjeng vragen. En Kim en Kobus.'

Maar de voormalige kampbewoners hadden het uitstekend naar hun zin op het kasteel en geen van de drie voelde ervoor om zo snel alweer te verkassen.

***

In zijn hotelkamer had Calvin Platzer zijn dagelijkse ochtendfitness erop zitten. Nog nahijgend wilde hij onder de douche stappen toen zijn telefoon ging. Hij keek op het display. 'Shit. Bill Blackstone.'

Zijn eerste reactie was wegdrukken. Maar Disney Bill druk

je niet weg. 'Shit.' Weer die hele riedel: door covid verliest Disney Parijs marktaandeel, inzetten op kleine pretparken in de regio, heb je al wat gevonden... Hij haalde diep adem en nam op. 'Hi, Bill! Alles oké?'

'Nee,' snauwde Bill. 'Alles niet oké, want ik hoor niks van je. Hoever ben je met dat kasteel?'

'Goed dat je belt, Bill. De deal is bijna rond.'

'Wat de fuck bedoel je met "bijna"? Dit is precies de locatie die we moeten hebben! Zorg dat je de deal sluit en doe het snel.' Hierna peperde Bill hem opnieuw zijn taken in, vergezeld van een reeks nauwelijks verholen dreigementen.

Het was alsof de duvel ermee speelde. Platzer stond nog na te shaken van Blackstones donderpreek of zijn telefoon ging opnieuw. 'Château Hemel' verscheen er in het display. Heel even flitste er een straal hoop door hem heen. Maar Angela bracht geen goed nieuws.

Met opeengeklemde kaken hoorde hij haar afwijzing aan. In plaats van een serie teleurgestelde verwensingen wist hij er een beleefd 'No problem, dank voor uw belletje' uit te persen. Hij smeet zijn telefoon op bed en schonk zich een whisky in. Met het glas in zijn hand ijsbeerde hij door de kamer. Wat kon hij doen? Blackstone terugbellen voor overleg? Vooral niet doen. Maar wat dan? Ander château zoeken? Die waren er in deze regio niet. Hoe kunnen we die hippies onder druk zetten? Hij gromde tussen zijn tanden. Dan de prefect maar weer bellen en de Bill doen. Grimmig toetste hij zijn nummer. 'Jean-Paul! Calvin, hier. Ik hoor niks van je. Hoe ver ben je?'

Hoofdstuk 36

Met een kopje thee achter haar laptop in de kasteelkeuken bouwde Angela een website. Ze maakte sfeervolle foto's van het château, de Zonnestraalzaal in de orangerie, de slaapzaal in het koetshuis en de wandelpaden in het park. In gloedvolle woorden omschreef ze de schoonheid van de natuur en de comfortabele groepsaccommodatie: 'In de veilige omgeving van Esoterisch Centrum De Hemel kan uw gezelschap zich in alle rust terugtrekken. De twaalf hectare ongerepte natuur garanderen de bezieling en volledige concentratie op onze cursussen en therapieën.' En zo nog even door. Ze wijdde speciale aandacht aan de cursus Man zijn voor mannen, waarbij ze niet verzuimde om in de algemene voorwaarden op te nemen dat alle risico's voor eigen rekening waren. Maar daar liet ze het niet bij. Om een aansprekend voorbeeld te geven filmde ze Abel die in zijn jezusgewaad in de kleermakerszit op een rotsblok diepzinnig voor zich uit staarde. Om het effect te vergroten plaatste ze buiten beeld een ventilator, waardoor Abels lange haar in slow motion dramatisch langs zijn nobele trekken waaide. Ook Kimberley moest eraan geloven. Op de klanken van Edvard Griegs 'Morgenstimmung' danste zij, eveneens in slow motion, in een gazen elfengewaad tussen de stammen van de bomen.

Na een aantal avonden intensief muisklikken, how to's kijken en tandenknarsend mopperen, stond de site online. In de dagen die volgden was Angela van 's ochtends vroeg tot 's avonds laat druk met de publiciteit van De Hemel. Ze besteedde veel tijd aan tutorials over de kneepjes van de digitale marketing en startte een breed offensief op social media met betaalde promoties voor hun cursussen waarbij ze de nadruk legde op Abels cursus Man zijn voor mannen.

Zoals wij weten heeft het leeuwendeel van de acties die wij ondernemen om onze ambities te verwezenlijken geen enkele zin. Angela daarentegen bewees dat het tegendeel ook waar kan zijn: haar tomeloze inspanningen leidden vrijwel direct tot een resultaat van seismische proporties.

Hoofdstuk 37

In zijn Porsche Panamera reed Platzer over de départementale 372 en piekerde over de mislukte aankoop van het château. Hij schakelde terug om vlak voor de bocht nog snel even een trekker in te halen. 'Shit,' mopperde hij terwijl hij een dot gas gaf en de geschrokken boer met brullende motor voorbij blies. 'Nog steeds niks gehoord.' Hij schudde zijn hoofd. Als je die Fransen niet constant achter hun broek zit, voeren ze geen reet uit. Geërgerd commandeerde hij zijn telefoon: 'Jean-Paul.' Even later verscheen het fraai gecoiffeerde hoofd van de prefect in het display op zijn dashboard.

'Bonjour, Calvin.'

'Bonjour. En? Heb je nog wat kunnen doen aan die hippiebende?'

Jean-Paul, die er inderdaad niets meer aan had gedaan, tuitte zijn lippen en maakte een geruststellend geluid. 'Maak je geen zorgen. Mijn departement is er volop mee bezig. We denken een aantal aanknopingspunten te hebben gevonden.'

'Fijn,' snauwde Platzer. 'Laat maar horen.'

Welwillend schudde de prefect zijn hoofd. 'Zo snel gaan die dingen hier niet. We hebben de zaak nog in studie.'

Gelul, dacht Platzer, hij heeft er natuurlijk weer geen zak aan gedaan. Hij perste zijn Prince Charming-glimlach eruit. 'Goed om te horen dat je er zo druk mee bent, JP. Zeer gewaardeerd. Maar hoe zit het met de vergunningen? Ze schenken daar drank. Misschien doen ze wel drugs. Wie weet is het een seksboerderij met al die hocus pocus. Ik ga ervan uit dat jullie daar bovenop zitten. We hebben tenslotte een gemeenschappelijk belang: de economische groei van de Chaude.' Platzer besloot het toverwoord er nog maar eens achteraan te gooien. 'En niet te vergeten de werkgelegenheid, die een enorme impuls krijgt.'

De prefect voelde dat zijn autoriteit in het geding kwam. Hij moest zich laten gelden. Werkgelegenheid was tenslotte zíjn afdeling. 'Helemaal mee eens, mon cher,' beaamde hij met een deftige aardappel in zijn keel. 'Maar voorshands kunnen we niet ingrijpen. We zullen moeten wachten tot er kan worden vastgesteld dat er sprake is van een officiële overtreding en daartoe zullen we een en ander nauwlettend onder surveillance houden.'

Hoofdstuk 38

De cursus Man zijn voor mannen was binnen een week volgeboekt. Op de aanvangsdag had zich om negen uur 's ochtends op de binnenplaats een twintigtal mannen verzameld. In leeftijd varieerden ze van dertig tot zestig en ze kwamen uit alle lagen van de bevolking. Hoezeer Abel tijdens het handen schudden probeerde iets gemeenschappelijks aan ze te ontdekken, hij slaagde er niet in.

Nadat de gasten zich hadden geïnstalleerd in de slaapzaal, liet Abel ze in een kring plaatsnemen op het grasveld dat hij het marsveld was gaan noemen. Via een keukentrapje beklom hij een twee meter hoog rotsblok van witte kalksteen dat hij daar gisterochtend samen met Sjeng op de trekker naartoe had gesleept.

Even een momentje van maken, dacht Abel en zette zich boven op de rots in postuur. Zwijgend nam hij de groep op, terwijl het zachte briesje zijn jezushaar en zijn witte gewaad filmisch liet wapperen. Er schoot hem iets te binnen wat hij ooit had gelezen: 'Daar stond hij, de gezalfde, de uitverkorene, hij wiens naam slechts in hoofletters werd geschreven...' Met een welwillende glimlach liet hij zijn blik langs de verwachtingsvol naar hem opgeheven gezichten glijden en langzaam hief hij zijn handen naar de wolken in een zegenend gebaar.

'Hartelijk welkom, lieve mensen, in Esoterisch Centrum De Hemel,' sprak hij gedragen. 'Ik ben heel blij dat jullie er zijn.' Hij wachtte op een reactie. Toen die uitbleef ging hij verder.

‘De beslissing om je in te schrijven voor deze cursus zal niet voor iedereen gemakkelijk zijn geweest. Maar ik ben ervan overtuigd dat jullie na afloop trots zullen zijn dat je deze stap hebt gezet. Ik zag dat sommigen van jullie door je vrouw of vriendin zijn opgegeven.’ Hij hield een papier omhoog. ‘Ik lees er een paar voor: “Hij is zo gesloten.” Een andere: “Ik hoop dat hij hier eindelijk eens leert zich op een normale manier te uiten.” Nog eentje: “Hij durft niet te knuffelen.” Er was ook iemand bij die expliciet vroeg of we ook knuffelcursussen gaven.’ Er klonk gelach, mannen stootten elkaar grinnikend aan.

Abel lachte toegeeflijk. ‘Jullie vinden knuffelen iets om te lachen, zie ik. Nou, maak je borst dan maar nat... Maar eerst een voorstelrondje.’

‘Mooi,’ zei Abel toen iedereen zijn verhaal had gedaan. ‘Nu we weten hoe we allemaal heten, kunnen we aan de slag. We beginnen met elkaars hand vast te houden.’

Onwennig keken de cursisten naar elkaar.

‘Toe maar,’ moedigde Abel hen aan. ‘We zijn hier om de verbinding te zoeken.’

Wat later zaten de mannen braaf hand in hand en keken afwachtend omhoog naar de goeroe op de witte rots.

‘Iedereen klaar?’ zei Abel. ‘Dan gaan we met z’n allen een verbindingskreet slaken. Eén collectieve oerkreet. Zo hard dat ze het op de maan kunnen horen.’

Dit vonden de mannen leuk. Ze wierpen het hoofd in de nek en brulden naar de hemel als een troep Vikingen op het punt om een vijandelijk leger in de pan te hakken.

Tevreden keek de man op de rots neer op de schreeuwende cursisten. ‘Bravo,’ riep hij toen ze nog nahijgend waren stilgevallen. ‘Heel goed. Nu jullie je eerste groepsemotie eruit hebben gegooid, zal ik uitleggen waarom we hier zijn.' Hij schudde zijn leeuwenmanen naar achteren en stak van wal. 'De mens heeft altijd in stammen geleefd, tribes weetjewel. Kinderen werden opgevoed door de hele stam. Anno nu is dat niet meer zo. Tegenwoordig worden de kinderen opgevoed door hun moeder, want papa is druk met centjes verdienen. Maar hoe liefdevol een moeder haar zoontje ook opvoedt, ze kan hem niet leren hoe hij man moet zijn. Daarvoor heeft hij een vader nodig die met 'm stoeit, voetbalt, jongensdingen met 'm doet.' Abel keek de kring rond en zag dat iedereen aandachtig luisterde. 'Jongens die geen vader hebben,' ging hij verder, 'die missen een spiegel met hun eigen gebreken. Hoe weet een jongen die vaderloos opgroeit hoe een man zich moet gedragen?' Hij wachtte even en gaf toen zelf het antwoord. 'Niet!' riep hij uit. 'Die kids hebben geen idee! Dus die halen het beeld hoe een man zich moet gedragen van social media! En uit films! Die jongetjes groeien op met de gedachte dat het uiten van emoties niet cool is en je onzekerheid tonen een teken van slapte. Dat worden later de macho's die we allemaal kennen. Grote bek, klein hartje. Want ze doen zo stoer omdat ze niet over hun gevoelens durven te praten.' Langzaam liet Abel zijn blik over de groep glijden. Toen zei hij op zachte toon: 'Maar wat doe je met je verdriet? Je eenzaamheid, je angst, je schaamte...?'

In de groep stak een nors kijkende vijftiger met een hippe muts van hemelsblauwe wol zijn hand op.

Ha, dacht Abel, de moppersmurf. Hij trok zijn gezicht in de alwetende goeroeglimlach die hij die ochtend voor de spiegel had staan oefenen. 'Ja, Warteld,' zei hij minzaam. 'Zeg het maar?'

'Wanneer begint het zwaardvechten en het boogschieten?'

'Dat komt...' Abel moest zich inhouden om er niet 'mijn zoon' achteraan te zeggen. 'Maar niet nu,' ging hij door. 'Want voordat we de kracht in onszelf kunnen zoeken, moeten we eerst de zwakte in onszelf vinden. De komende dagen worden we weer een stam. We gaan ons verbinden, we worden elkaars vader. We gaan elkáár opvoeden.'

***

'En? Hoe gaat ie?' vroeg Angela toen ze met z'n tweetjes aan het einde van de dag met een glaasje wijn op het achterterras zaten. 'Nog geen dooien gevallen?'

'Haha, nee hoor,' Abel stak zijn duim omhoog. 'Hij gaat top! Ik zit goed in de wedstrijd. Ik heb ze aan een draadje!'

Hoofdstuk 39

Welgemoed vertrok Abel de volgende ochtend met zijn groep, en zijn eventmanagers Sjeng en Kobus, voor een verbindingstocht in de Hautes-Pyrénées.

Terwijl de gehuurde touringcar koers zette naar het gebergte, kwam Abel uit zijn stoel naast de chauffeur en greep de microfoon. ‘Mannenbroeders, bravo! Jullie hebben allemaal je telefoon thuisgelaten dus de navelstreng met de moderne wereld is doorgesneden. Jullie zijn op weg om de man in jezelf te vinden. Voor al het oud zeer dat daarbij in de weg kan zitten, heb ik dit meegenomen.’ Hij hield een soort houten vogelhuisje omhoog dat hij die ochtend per post van Amazon had ontvangen. ‘Een Tibetaans zen-altaar.’ Met een gewijd gebaar plaatste hij het in het gangpad. Hij liep tussen de stoelen door en deelde pen en papier uit. ‘Jullie krijgen allemaal een stukje papier en een pen en daar schrijf je op waar je vanaf wilt. Eén woord. Dat kan “angst” zijn of “schaamte”, voor mijn part de naam van buren waar je de pest aan hebt, dondert niet. Schrijf op wat je kwijt wilt en we verbranden het hier ter plekke. Kom maar door!’

Nadat iedereen aan deze opdracht had voldaan, legde Abel een handvol briefjes op het altaartje. Met een glimlach keek hij naar de twee rijen verwachtingsvolle gezichten in de bus. ‘Nou,’ hij knipte een aansteker aan, ‘daar gaan jullie angsten, frustraties en andere narigheid. Weg ermee!’ Hij hield het vlammetje bij de stapel papiertjes.

Of het nu kwam door de papiersoort of door de vurigheid

waarmee de ontboezemingen waren opgeschreven… de papiertjes brandden als een fakkel. Brandende stukjes hout en papier vielen op de vloerbedekking. Die vatte meteen vlam en het vuur greep razendsnel om zich heen. Met een woeste kreet schoot Sjeng uit zijn stoel, rukte de brandblusser uit de klemmen en spoot een grote witte schuimwolk door het gangpad. Die belandde voor een deel op de binnenkant van de voorruit, hetgeen de chauffeur het zicht op de weg geheel ontnam. Met een schreeuw van schrik stampte hij op de rem. De touringcar begon te slingeren, schoot de berm in en kwam met een klap tot stilstand tegen een boom.

Er klonk gegil en gevloek, cursisten sloegen met hun hoofd tegen de stoelen, tassen vlogen door de lucht.

Ziedend van woede gooide de chauffeur de deuren open. 'M'n bus uit, stelletje halvezolen!' schreeuwde hij terwijl hij uit zijn stoel klom. 'Ik heb verdomme voetbalsupporters vervoerd, maar jullie zijn echt helemaal van god los! Hup! D'r uit! Wegwezen!'

Nog natrillend van de schrik stonden de cursisten in de berm en keken onthutst naar de achterkant van de bus die om de bocht verdween.

'Prima!' riep Abel strijdvaardig. 'Zo wordt het pas echt survival.' Hij wees naar een vers geploegde akker aan de andere kant van de weg. 'Mannenbroeders, de reis naar onszelf gaat beginnen!' Hij gordde zijn rugzak om en stak zonder om zich heen te kijken de weg over.

Verbaasd onder elkaar mompelend volgden de cursisten hun spiritueel leider.

De akker bleek omheind door een vrij nieuw hek voorzien van schrikdaad. 'Hier gaan we overheen,' zei Abel zelfverzekerd.

'Dit is nou precies waar het om gaat: blokkades overwinnen. Kom op, mannen! Door roeien en ruiten moeten we!'

'Ik zou dat niet doen,' waarschuwde Kobus. 'Zo'n hek staat daar meestal niet voor niks.'

'Daarom juist!' zei Abel. 'We moeten leren dat er geen barrières zijn! Hekken zijn er om overheen te klimmen.' Hij tilde een lang been op en stapte voorzichtig over het draadje. 'Kijk uit, mannen!' riep hij over zijn schouder. 'Hier kan stroom op staan!'

Kobus wierp een onderzoekende blik op de akker. 'Het ziet eruit alsof er pas gezaaid is. Als je daar overheen gaat lopen, zijn die boeren daar meestal niet blij mee.'

'Ach,' wuifde Abel zijn bezwaren weg, 'als je tussen de ploegvoren blijft, is er niks aan de poot. Mannenbroeders, voorwaarts!'

Een voor een stapten de cursisten omzichtig over het hek.

'Achter elkaar blijven!' commandeerde Abel. 'Alleen in de ploegvoren lopen!'

'Er staat daar een vent,' zei Sjeng.

Abel draaide zich om. 'Waar?'

Sjeng wees. Ver weg aan het andere eind van de akker was een kleine gestalte verschenen. 'Volgens mij heeft ie een gun.'

'Mwoah, een ouwe boer met een wandelstok. Let's go, mannen! Dit is het echte leven.'

In de verte bracht de man iets langwerpigs naar zijn schouder. 'Duiken!' brulde Sjeng. Hij greep Abel en Kobus bij een arm en liet zich plat op de grond vallen.

Meteen klonken achter elkaar twee doffe knallen.

Een van de cursisten slaakte een hoge gil en greep naar zijn achterste. In het zitvlak van zijn pantalon was een aantal ronde gaatjes verschenen.

'Rennen!' riep Sjeng. 'Het bos in! Voordat hij opnieuw heeft geladen!'

In blinde paniek rende de groep naar de bosrand.

'Rustig blijven, Jan-Arend,' zei Sjeng en duwde ter ondersteuning van dit advies het slachtoffer met zijn gezicht in het mos. Kreunend van ellende lag de aangeschoten cursist op zijn buik op de bosgrond. Zijn broek was omlaag getrokken en zijn witte billen glansden in het zonlicht. Abel boog zich eroverheen. 'Dit gaat heel even pijn doen, Jan-Arend...' Geconcentreerd peuterde hij met de punt van zijn Opinel-mes een hagelkorreltje uit de wond en liet dat met een delicaat tinkelend geluidje in zijn tinnen bord vallen. 'Dat is één...'

Nadat Abel een dozijn hagelkorreltjes uit Jan-Arends achterlijf had verwijderd en de wondjes had ontsmet met een ter plekke gestampt papje van distels en duizendblad, zat de mannengroep in een kring om Abel op het mos.

'Het is natuurlijk lullig voor Jan-Arend dat hij is aangeschoten,' sprak de goeroe. 'Maar dat is de negatieve manier van kijken en daar moeten we vanaf. De juiste visie is dat dit voor Jan-Arend een kans was. Dankzij zijn stevige postuur kon hij de rest van onze tribe behoeden voor schotwonden. Jan-Arend kreeg dus een kans om te tonen dat hij een Man is!' Hij maakte een fier gebaar naar de getroffen cursist die bleekjes tegen een boom geleund stond. 'Drie hoeraatjes voor onze menselijke kogelvanger, Jan-Arend!'

De groep lachte en applaudisseerde. De menselijke kogelvanger wist een benauwd glimlachje te produceren.

'Maar er is nog meer goed nieuws.' Abel stond op en wees naar een pad dat het bos in leidde. 'Onze onvermoeibare eventmanager, meesterspoorzoeker Kobus, heeft een bijzondere verrassing voor jullie!'

Hoofdstuk 40

Wijdbeens stond Abel aan de oever van een wild stromende beek. Hij wees ernaar met een gebaar alsof hij hem zelf had gegraven. 'Voilà! De Cèze!' Hij draaide zich om naar de groep achter hem. 'De rivier is hier breed en woest. Logisch,' hij gebaarde naar de met sneeuw bedekte bergtoppen in de verte, 'al dat water komt recht uit de Pyreneeën. Dat is gesmolten sneeuw.' Zwijgend hield hij zijn volgelingen gevangen in zijn doordringende blik. Enkele seconden bouwde hij de spanning op, toen zei hij triomfantelijk: 'En daar gaan wij in zwemmen.'

'No way,' zei een magere heer in nooit eerder gedragen North Face-kleding.

'Hoezo niet, Tjebbe?' vroeg Abel minzaam.

'Ik ook niet!' viel een nogal corpulente jongeman die Diederick met CK heette hem bij. Hij draaide zich om naar zijn makkers. 'Dat ijskouwe water in? Daar krijg je een kleine pik van!'

Er werd gelachen en gejoeld. 'Nooo!' riep een goedlachse zestiger. 'Ik doe niet mee! Lopen we straks allemaal met zo'n gepelde garnaal!'

Abel begreep dat hij, wilde hij zijn overwicht behouden, een daad moest stellen en greep met indrukwekkend gezag in. 'Precies!' riep hij vanaf de oever. 'Juist daarom duiken we erin! We moeten af van "wie heeft de grootste". Allemaal een kleine pik! Gelijkheid en broederschap, de twee pijlers onder de democratie. Kom op! Uitkleden en het water in!' Hij ontdeed zich van zijn kleding en liet die in het gras vallen. 'Wie mij liefheeft, volge mij!'

Lang en naakt stapte hij de rivier in. 'Merde!' vloekte hij binnensmonds. 'Dat water is verdomme berekoud!' Met een geforceerde glimlach keek hij over zijn schouder naar zijn volgelingen en riep: 'Hierheen mannen, als we allemaal hier zijn gaan we tegelijk kopje onder. Jullie wedergeboorte! Gelouterd zullen wij herrijzen!'

Er werden nog wat flauwe grappen gemaakt, maar uiteindelijk kleedde de groep zich uit en waadde struikelend en glibberend over de gladde rivierkeien naar hun blote leider, die al tot zijn heupen in het water stond.

Toen het hele gezelschap hem bloot, wit en klappertandend had bereikt, stak Abel zijn handen uit. 'Geef elkaar de hand, dan zoeken we samen de diepte op.' Hand in hand waadden de naakte cursisten steeds dieper de snelstromende rivier in.

Plotseling klonk er een hoge gil. Diederick met CK gleed uit, viel op de keien en werd meegesleurd door de stroom. 'Help!' gilde hij. 'Ik kan niet zwemmen!' Meteen verdween hij onder water. Zijn kreten werden gesmoord door het gedonder van de bergbeek. Met hoge snelheid werd de ongelukkige volgeling meegevoerd naar een stroomversnelling die in de verte schuimspattend door een smalle spleet tussen een aantal scherpgepunte rotsen door denderde. Af en toe stak er even een arm of een been boven water uit, maar onontkoombaar werd de drenkeling meegesleurd naar de rotspunten.

Vanaf de oever zag Sjeng het gebeuren. Hij zette het op een lopen en rende met lange passen langs de rivier. Vlak voor de stroomversnelling sprong hij geheel gekleed te water en klom over de rotsen. Met hoge snelheid kwam de spartelende cursist op hem af, maar vlak voordat hij tegen de rotsblokken te pletter zou slaan, greep Sjeng hem in zijn kraag en trok hem op het droge.

***

Nadat iedereen zich met veel moeite weer in zijn kleren had gehesen, had Abel zijn volgelingen opdracht gegeven een zogeheten 'berenkring' te vormen. Dit was gelukt, alleen had het weinig weg van een groep oersterke, met vervaarlijke tanden en klauwen uitgeruste heersers van het woud. Bleek en bibberend van de kou kleumden de mannen bij elkaar, terwijl ze op advies van Sjeng met hun handen op hun bovenarmen sloegen om de bloedstroom in hun ledematen weer op gang te laten komen.

'Oké, broeders,' zei Abel. 'Waar we nu als eerste behoefte aan hebben, is een van de oudste uitvindingen van de mens, een van de vijf universele elementen, een van de krachten die je energetische balans bepalen... we gaan leren hoe we VUUR maken! Warteld, als jij met Wopke en Tjebbe droog hout gaat zoeken, maken wij een stookplaats.'

'Waar vinden we dat dan?' vroeg Tjebbe onwillig.

Abel wees naar de bosrand. 'Onder die bomen daar?'

'Oké.' De drie begaven zich in de aangeduide richting.

'Maar kijk uit,' riep Abel hen na, 'voor de wolven.'

Warteld bleef staan. 'Wolven?'

'Zeker. Vorig jaar is in dit gebied een populatie wolven uitgezet en die doen het heel goed. Ze worden niet bijgevoerd, dus wees voorzichtig, die beesten zijn vaak uitgehongerd.'

Met tegenzin liepen de drie het bos in.

Kobus schoof naast Abel in het gras. 'Wat gaan we doen?' fluisterde hij. 'Het is nog te licht voor die wolvenlampjes.'

Abel stond op. 'Loop even mee...'

Achter een boom toonde hij zijn telefoon. 'Kijk hier, een soundbite van een huilende wolf. Jij sluipt ze achterna en achter de bosjes druk je op Play. Oké?'

Kobus knikte ernstig. 'Oké.'

Abel en zijn volgelingen sjouwden keien uit de rivier en stapelden die in een cirkel op de open plek.

'Straks,' zei Abel toen iedereen weer om hem heen zat, 'gaan we een oefening doen: Laat de leeuw in jezelf los. De bedoeling is dat je uit je hoofd gaat en bij je gevoel probeert te komen. Dan zul je zien...' Dit wijsgerige voornemen werd onderbroken door een snerpende angstkreet en het gekraak van brekende takken, gevolgd door een doffe plof. Abel sprong overeind en holde naar het bos.

Warteld lag op de grond onder een boom. Zijn blauwe wollen muts half over zijn gezicht, zijn been in een onnatuurlijke hoek onder zijn lichaam.

'Wat is er gebeurd!?' riep Abel terwijl hij naar hem toe rende.

'Ik ben uit die boom geflikkerd,' kreunde de gevallen volgeling. 'Mijn been...'

'Ja,' zei Tjebbe geschrokken. 'We hoorden een wolf en we klommen in een boom en –'

'Kun je lopen?' vroeg Sjeng.

Met een van pijn vertrokken gezicht keek Warteld op. 'Nee! Het doet hartstikke pijn. Het is misschien wel gebroken...'

***

Het leger van Napoleon op terugtocht uit Moskou, daar moest Angela aan denken toen de troosteloze groep de binnenplaats op kwam strompelen. Een uitgeputte rij mannen met doodsbleke gezichten, tot op het bot verkleumd, hinkend, leunend op elkaars schouder, pijnlijk kreunend bij elke stap.

Maar daar wist Abel wel raad mee. In de immense kasteelhaard stookte hij een hartverwarmend vuur. Eerst wat sinaasappelkistjes voor een lekker beginfikkie, daarna een paar dikke boomstammen. De vlammen laaiden hoog op en de cursisten gingen in een kring op het dikke tapijt voor de haard zitten waar de warmte van het vuur hun wangen al snel deed gloeien. Sjeng ontkurkte flessen rode wijn en vulde de glazen. Hondsmoe proostten de mannenbroeders met elkaar. Afgeknoedeld, maar vooral trots dat ze het hadden volbracht. Er werd gelachen, op schouders geslagen en gehugd.

In de keuken waren Angela en Kimberley bezig met het serveren van een kasteelwaardig afscheidsmaal. De lange riddertafel voor de haard werd gedekt met damasten servetten en zilveren bestek, en vol gezet met antieke schalen met salades, glanzend van de olijfolie, grote hompen paté en terrines, een Plateau de Fromages en manden met krakend stokbrood. Sjeng en Kobus hadden een rij kippetjes aan het spit geregen en lieten die sissend ronddraaien boven het vuur in de haard.

Abel en Angela stonden in de deuropening. Genietend liet Abel zijn blik over zijn feestende discipelen glijden. 'Kijk ze toch 'ns blij zijn, Poekie.' Hij sloeg zijn arm om haar middel en trok haar tegen zich aan. 'Dit voelt als thuiskomen. Ik heb mijn bestemming gevonden. Het ging me echt supergoed af vandaag. Af en toe moest ik een klein tandje bijzetten, maar ik voel dat ik dit helemaal in m'n vingers heb. Je staat hier naast een supergoeroe. De volgende groep wordt een makkie.'

Hoofdstuk 41

Fronsend keek Roemer op van zijn laptop. 'Ik krijg hier mailtje van PI Zutphen, hoe ver we zijn.'

Geschrokken schoot Wychard overeind. 'Shit! Straal vergeten!'

'Neee!'

'Ja, nee, sorry! Ik kwam er niet uit. Het was ingewikkelder dan ik dacht en toen kwam die klus van René Stam ertussendoor en ja, toen is het eigenlijk een beetje ondergesneeuwd... Maar ik pak het meteen weer op!'

'Djiezus, man! Come on! Doen, hoor! Dit is een hele vette klus. En die aanvraag is al twee maanden oud! Ze beginnen me nu te stalken, dus ze willen nog steeds van dat geteisem af maar dan moeten we wel met iets komen.'

'Oké oké,' zei Wychard. 'Ik ga d'r meteen mee aan de gang. En no worries, ik regel een perfecte locatie. Die boeven krijgen een welverdiende zonvakantie op staatskosten.'

Hoofdstuk 42

Met een blad vol lege theeglazen kwam Abel de kasteelkeuken in. ‘Poekie! Is er nog thee? Doe maar een stuk of twintig!’ Hij wilde alweer wegrennen, maar Angela riep hem terug. ‘Aab!’

‘Ja?’

‘Ga even zitten.’

‘Geen tijd! Ik zit midden in een cursus.’

‘Kan zijn, maar we moeten even praten.’

Bezorgd draaide hij zich om. ‘Oei! Wat is er dan?’

‘Kom even zitten.’

Met tegenzin nam hij plaats aan de riddertafel. ‘Ja?’

‘We zijn nu een maand bezig met die cursussen,’ zei Angela. ‘En het is een gekkenhuis. De ene groep is nog niet weg of de volgende staat alweer voor de deur.’

‘Ja! Geweldig. Wat een succes, hè?’

‘Nee! Dit is toch precies wat we níet zouden doen?!’ Ze sloeg haar armen over elkaar en wendde haar blik af om haar kalmte te bewaren. Na een paar seconden vervolgde ze: ‘Het wordt echt te gek. We krijgen nauwelijks de kans om op adem te komen. Weet je nog toen we dit kasteel kochten? We zouden rust in de tent krijgen. Maar in plaats daarvan werken we ons nu drie slagen in de rondte. Veel erger dan vroeger. Jij bent constant op pad met je groepen en ik ben elke dag bezig met de site en de administratie. Daar komt nog bij dat we ongemerkt steeds meer catering doen. Koffie, thee, ontbijt. We hebben het drukker dan ooit.’ Ze zuchtte en schudde vertwijfeld haar hoofd. ‘Aab, dit was nooit de bedoeling. We zouden meer tijd voor elkaar krijgen. We zouden eindelijk gaan genieten van het leven. Waar is –'

'Maar het loopt als een tierelier, Poekie!' onderbrak Abel haar. 'We draaien een topomzet! Bedrijven betalen een godsvermogen voor een cursusweek! Ik zie er facturen uitgaan van twintig, dertigduizend euro! We hebben nog nooit zoveel geld verdiend!'

Angela legde haar arm om zijn schouders. 'Lieverd,' zei ze zacht. 'Ik maak me zorgen.' Ze streelde zijn haar. 'Om jou en om ons. Dit is toch niet wat we wilden toen we hier begonnen?'

Abel haalde adem om zich te verweren. Hij wilde zich als een gorilla op zijn borst roffelen, hij wilde bejubeld worden, dikke bossen veren in zijn kont gestoken krijgen. Maar het tegenovergestelde gebeurde. Hij zag de blik in Angela's ogen en zakte in. Zijn verlangen naar erkenning smolt weg onder haar ontegenzeggelijk gelijk. Hij liet zijn hoofd hangen en staarde naar de plavuizen. Tranen prikten achter zijn ogen.

Na een tijdje masseerde hij zijn gezicht en keek op. 'Ik weet het, lieve schat,' zei hij zacht. 'Natuurlijk weet ik het... Maar sinds ik ben begonnen als goeroe heb ik het gevoel dat ik iets te pakken heb. Eindelijk iets waar ik goed in ben. Ik heb er nooit les in gehad en ik flik het gewoon! Zomaar! Voor het eerst in m'n leven doe ik iets wat succes heeft! Ik weet niet wat me overkomt!'

Angela zuchtte. 'Ja, dat zie ik ook wel. En ik ben ook blij voor je. Je doet het hartstikke goed. Maar...' Terwijl ze naar woorden zocht, nam ze zijn hand in de hare. Een tijdje zaten ze hand in hand naast elkaar. Toen zei ze zacht: 'Ooit waren we één. We deden alles samen. We zaten onder elkaars huid en in elkaars hart. Ik was jij en jij was mij. Natuurlijk, we zijn allebei anders, we verschillen totaal van elkaar, maar dat maakt ons juist zo sterk. Een onverslaanbaar team. En nu... Ik weet het niet... Ik ken je soms bijna niet meer, zo ver weg ben je. Het is alsof ik je roep en jij me niet hoort. Of je wilt me niet horen...'

Abel schoot overeind. 'Nee! Lieverd, hoe kun je dat nou zeggen! Je weet gewoon niet hoeveel ik van je hou! Echt, alles komt goed!'

'Natuurlijk komt alles goed. Maar niet vanzelf. Daar moeten we wel iets voor doen.'

'Ik dóé er ook alles aan! Maar dit is mijn roeping!'

'Maar we raken elkaar kwijt!' riep Angela vertwijfeld. 'Ons leven loopt als water tussen m'n handen door.'

Abel zakte in. 'Sorry, lieve schat...' Voor het eerst in lange tijd zag Angela hem huilen. Ze sloeg haar arm om hem heen.

Stil zaten ze dicht tegen elkaar aan in een liefdevolle omstrengeling.

Toen maakte Abel zich los. Hij kuste Angela teder en streelde haar rossige krullen. 'Het is mijn schuld,' zei hij zacht. 'Mijn levenslust is gewoon te groot...' Hij schudde zijn hoofd. 'Ik hou zó waanzinnig veel van het leven. Van álles! De zon over de wijngaard, een torretje aan een bloemstengel, wolken in de lucht, vogels in de boom, de glimlach op je gezicht, álles! En ik wil het ook allemaal hebben. Grijpen! Pakken! Dwars door m'n ribben trekken en tegen m'n hart aandrukken en nooit meer loslaten! Ik wil het hele leven zacht slurpend opdrinken. Genietend, als kostbare wijn. Er is nog zoveel te ontdekken! En nu heb ik iets te pakken wat voor mij helemaal nieuw is, maar waar ik heel goed in blijk te zijn! Dat is toch te gek? Daar kunnen we een nieuw leven mee beginnen! Een nieuwe toekomst, Poekie. Daar wil ik samen met jou voor vechten.'

Angela reageerde niet. Zwijgend keek ze hem aan zoals alleen vrouwen dat kunnen, met een blik waarin weemoed, droefheid en stil verwijt besloten lagen. En wellicht zelfs een vermoeden van naderend afscheid; iets dierbaars dat op het punt stond voor altijd in scherven te vallen. Misschien wel op deze zelfde versleten plavuizen van de keuken waar ze nu aan tafel zaten, de keuken van kasteel De Hemel.

Maar Abel zag het niet. Opnieuw omhelsde hij zijn vrouw en kuste haar lippen. 'Geen zorgjes, Poekie,' fluisterde hij. 'We gaan als een speer. En we houden toch van elkaar? Wij blijven altijd samen en –'

'Hé, lange!' De gestalte van Sjeng verduisterde de deuropening. 'Kom je nou nog? Je moet aan de bak! Ze staan op je te wachten!'

Abel maakte zich los. 'Ik moet gaan, lieve schat. Ik kan mijn volgelingen niet laten wachten. Ik zie je straks!'

En weg was de zelfbenoemde goeroe.

Hoofdstuk 43

Boer Belon was een grote kerel van rond de zestig met brede kaken en een forse neus. Hij droeg een morsige alpinopet die nogal strak om zijn hoofd klemde. Als hij fronste, bijvoorbeeld omdat hij iets niet begreep, wat veelvuldig het geval was, dan bewoog zijn pet mee met zijn gelaatsuitdrukking, als een zelfstandig orgaan dat zijn emoties extra reliëf gaf. Dit wonderlijke verschijnsel was echter niet het enige dat boer Belon onderscheidde van de rest der mensheid. Pal voor de deur van Kimberleys Zonnestraalzaal klapte hij de achterklep van zijn gebutste aanhanger open en daar verscheen het roze wonder op pootjes, de koningin van Charmes-sur-Cêze, de heerseres der krulstaarten: truffelvarken Nini.

Nini was een reuzin van een varken en de laatste keer dat iemand erin was geslaagd haar op de weegschaal te krijgen, was de wijzer blijven steken op 264 kilo.

Boer Belon greep haar halsband en leidde het roze reuzenvarken de laadbak uit. Ze wilde er meteen vandoor, maar Belon zette zich schrap en hield haar met twee handen tegen. 'Rustig, Nini, rustig!'

Kimberley knielde neer naast het knorrende gevaarte. 'Hallo Nini, wat leuk dat je ons komt opzoeken.' Het beest rukte aan haar halsband en zwaaide haar kop van links naar rechts, waardoor de potige landman op een haar na van de sokken werd getrokken. 'Kiek uut!' hijgde hij. 'Nini is een bietje dol vandaag.'

Kimberley sloeg haar arm om Nini's nek. 'Dat begrijp ik best. Eerst in die auto en nu weer hier, in zo'n vreemde omgeving.' Ze streelde de stugge witte haartjes op de grote varkenskop. 'Wees maar niet bang hoor, Nini. Hier ben je veilig...'

Vanonder haar meelwitte wimpers keek het dier Kimberley aan met haar ijsblauwe varkensoogjes en leek wat rustiger te worden.

Kimberley sloot haar ogen en concentreerde zich om beelden in Nini's hoofd te projecteren. Ze begon met een groen golvend maïsveld, daarna een trog die ratelend werd volgestort met een emmer verse eikeltjes. Vervolgens zond ze een beeld door van Nini zelf, in een zonnig weiland omringd door een stel vrolijk huppelende biggetjes.

Het grote beest kalmeerde en haar adem ging minder snel. Kimberley daalde nog dieper af in de varkensgeest. Ze kwam bij een soort duister hol en ging naar binnen. Er klonk woedend gestommel en schril gekrijs. Schimmige silhouetten beten venijnig naar elkaar en verdrongen zich rond iets op de grond. Ze voelde agressie, angst en pijn. Geschrokken schoot ze Nini's geest uit. Ze haalde een paar keer diep adem en boog zich naar het varkensoor. 'Wat is er aan de hand, Nini?' fluisterde ze. 'Heb je ruzie?'

'Dat klopt krek,' bemoeide Belon zich ermee. 'Ze maakt altijd ruzie. Als er gevreten wordt, bigt ze iedereen opzij en vreet ze in d'r eentje de hele trog leeg. Blijft er voor de anderen niks over. Daarvoor ben ik hier. Ik heb van alles geprobeerd, maar niks helpt. Die big wordt steeds dikker en de anderen steeds magerder. Kun je daar wat aan doen?'

Kimberley richtte zich op. 'Misschien, maar dan moet ik eerst wat meer weten.' Ze wees op een grote eik. 'Bind haar zolang aan die boom, dan kan zij lekker naar eikeltjes wroeten en drinken wij binnen een kopje thee en kun je me op je gemak vertellen wat er aan de hand is.'

Het was het heetste uur van de dag en Nini was onder de eikenboom in de schaduw gaan liggen. Ze kauwde op een mondvol eikels toen Plato de hoek om kwam. 'Smaakt het?' vroeg Plato.

Nini richtte haar kop op en slikte smakkend wat eikeltjes door. 'Ik ben nog aan het proeven.'

'Bon appétit dan maar,' zei Plato en ging ook een beetje in de schaduw staan. 'Alles goed verder?'

'Het is maar wat je goed noemt,' zei Nini. 'Ik heb geen idee waarom ik hier ben.'

'Tja,' zei Plato. 'Dieren die hier komen, daar is meestal wat mee. Heb je een probleem of zo?'

'Niet dat ik weet,' zei Nini. 'Ja, Belon vindt dat ik te veel vreet. Omdat ik het voer van de andere varkens opeet.'

'Hm,' zei Plato. 'Waarom doe je dat dan?'

Nini liet een boer. 'Dat weet ik niet. Als ik eten zie, dan stort ik me erop en eet ik alles op.'

Plato joeg met zijn staart een paar vliegen weg. 'Waarom laat je dan niet wat voor de anderen over?'

'Als ik het eerst ben, is alles voor mij.'

'Maar jullie zijn toch allemaal gelijk?'

'Kan zijn, maar ik ben gelijker.'

'Waarom?'

'Omdat ik groter ben.'

'Je bent groter omdat je hun eten opeet.'

Nini nam nog een hap eikels. 'Nou ja,' knorde ze met volle mond, 'ik vind het soms ook best wel lullig voor ze. Maar het is sterker dan mezelf. Ik kan er niks aan doen.'

Kimberley en Belon kwamen naar buiten. 'Ha, Plato,' zei

Kimberley. 'Heb je gezellig kunnen bonden met Nini? Wat een lieverd is het, hè?'

Plato knikte. 'Zit geen kwaad bij. Maar ze heeft wel een probleem.'

'Ik weet het.' Ze knielde naast het varkensbeest neer. 'We zijn eruit, Nini. Ik heb met Belon besproken wat we gaan doen.'

Het varken krabbelde overeind, Kimberley legde haar arm om haar nek. 'We hebben afgesproken dat jij de baas wordt over alle varkens.'

Nini tilde haar kop op en liet een instemmend geknor horen.

'Ja, maar je hebt dan ook de verantwoordelijkheid. Jij moet erop toezien dat ieder varken evenveel te eten krijgt als jij.'

Nini trok een diepe denkrimpel in haar voorhoofd en liet dit nieuws verstrooid knorrend op zich in werken.

Plato deed een stapje naar haar toe. 'Ik vind het een goed plan,' zei hij zacht. 'Niet als je eten ziet iedereen opzij biggen en alles opeten, maar iedereen het zijne gunnen. Dan ben je pas echt een baas.' Hij boog zijn kop en duwde zijn zachte ezelneus tegen Nini's varkenssnuit. 'Doen, Knorrie. Daar knap je van op.'

Hoofdstuk 44

'Kijk dit 'ns,' Wychard draaide zijn laptop naar zijn compagnon aan de andere kant van hun gezamenlijke werktafel.

Roemer tikte de laatste zin van zijn mailtje, klikte op Verzenden en trok de laptop naar zich toe.

'Sooo. Dat ziet er vet uit! Mooi chateautje! Chique boel, man. "De Hemel".' Hij schoot in de lach. 'Klinkt toepasselijk voor zo'n zooitje gajes! Waar is dit?'

'Zuid-Frankrijk. Een hele afgelegen streek, de Chaude, ergens in de middle of nowhere.'

'Kanshebbertje,' zei Roemer. 'Wat doen ze voor soort dingen?'

'Mindfulness en zo,' zei Wychard. 'Maar ook allerlei cursussen.' Hij klikte op het menu. 'Hier: cursus Man zijn, Survivalcursus, cursus Geweldloos communiceren...'

'Haha, geweldloos communiceren? Perfect! Dan slaan ze mekaar tenminste niet meteen het ziekenhuis in.'

'Ja,' lachte Wychard. 'En deze dan, dat is helemaal een giller, hou je vast: een cursus Spreken met dieren!'

Roemer schoot in de lach. 'Helemaal goed. Die boeven zijn tenslotte ook een soort wilde dieren.' Hij pakte zijn telefoon. 'Dit is top. Ik ga het voorstellen.'

Hoofdstuk 45

'Een twee drie omhoog!' riep Sjeng. 'En vasthouden!'

Met al hun kracht probeerden Abel en Kobus het dak boven de vier hoekpalen te tillen.

Snel schroefde Sjeng de steunbalk aan de muur en schoot hen te hulp. 'Kom maar.' Hij zette zijn schouders ònder het dak en samen lieten ze de constructie voorzichtig over de palen zakken.

Van een afstandje sloeg Plato hun verrichtingen met een milde glimlach gade. Zijn nieuwe onderkomen op de kasteel-binnenplaats zag er veelbelovend uit en bovendien een stuk dichter bij de gezelligheid. Op dat moment klonk het donkere geroffel van een zwaar voertuig dat over de ophaalbrug reed.

De drie mannen en de ezel keken tegelijk om. Een glanzend zwarte touringcar draaide de binnenplaats op. Hij had ondoorzichtige ramen van zwart glas en droeg geen enkel opschrift. De bus stopte naast de waterput en sissend gleden de deuren open. Er stapten twee mannen uit. De voorste een grote kerel met kort haar en een stoppelbaard, de tweede een wat kleinere man met een zonnebril en kort grijs haar, maar eveneens fors uit de kluiten gewassen.

Met uitgestoken hand liep Abel op ze af. 'Bonjour! Welkom in De Hemel!'

'Goeiedag,' zei de eerste. 'Ik ben Bob,' hij wees over zijn schouder, 'en dit is mijn collega Arie. Wij komen uw gasten brengen.'

'Gezellig,' zei Abel, die zoals gebruikelijk van niets wist. 'Goeie reis gehad?'

'Prima,' zei Bob. 'Als u even een stukje naar achteren gaat, laat ik ze eruit.'

De achterste deuren sisten open en op een rijtje stommelden de bezoekers de bus uit.

Angela kwam naar buiten. 'Bonjour! Jullie zijn Biljartvereniging De Blauwe Bal. Wat leuk dat jullie er zijn. Welkom!'

Vanaf het nieuwe ezelverblijf keken Sjeng en Kobus naar de zonderlinge verzameling mannen die in een rommelige rij naast elkaar op de binnenplaats stond. 'Als dat een biljartvereniging is,' zei Sjeng met een scheve grijns, 'ben ik Frans Bauer.'

Kobus grinnikte. 'Volgens mij staat daar bij mekaar voor tweehonderd jaar gevangenisstraf.'

'Een biljartvereniging?' zei Bob verbaasd. 'Nou nee, de heren biljarten wel eens, maar het is geen biljartvereniging.'

'O? Maar dat is wel de naam waaronder ze hebben geboekt. Kwam via...' – Angela keek op haar telefoon – '...W&W Special Outplacements.'

Daar ging Bob een licht op. 'Ach, ik begrijp het. Ja, nee, die doen dat uit discretieoverwegingen. Wij zijn van de Dienst Justitiële Inrichtingen.' Hij keek op het clipboard in zijn hand. 'U bent Angela Jongbloed van Esoterisch Centrum De Hemel?'

'Helemaal.'

'Mooi. Wilt u dan hier even tekenen?'

Hoofdstuk 46

In de kasteelkeuken leunde Angela met gebogen hoofd tegen de kast en keek zonder iets te zien naar de plavuizenvloer. Abel zat aan de riddertafel en staarde naar buiten. Op de binnenplaats stond de zwarte touringcar, glanzend als een monsterlijke kakkerlak uit een horrorfilm.

Minuten gleden voorbij zonder dat een van beiden sprak.

Het was Abel die de stilte verbrak. 'Zouden die bewakers de hele dag in die bus blijven zitten?'

'Vast wel,' zei Angela zonder op te kijken. 'Ik zag een hele rits monitors. Die kerels hebben allemaal een enkelband om. Die moeten constant in de gaten gehouden worden.'

'Wel goed gedaan trouwens die bus,' zei Abel. 'Mooie slaapcabine, toilet, douche, controlekamer. Zou een toffe camper zijn...'

Angela keek op. 'Aab,' zei ze dringend. 'Ik heb die dossiers van die mannen bekeken. Dit zijn zware criminelen. En die zouden wij hier een maand lang bezig moeten zien te houden. Dat gaat niet, Aab. Daar zijn wij helemaal niet op ingesteld.' Ze ging naast hem zitten en legde haar arm om zijn schouders. 'Stuur ze terug, Abel. Please.'

'Maar Poekie, die bewakers zijn er toch bij? Er kan niks gebeuren! En voor mij is dit een gigantische uitdaging.'

'Lieverd, je vindt dat je een goeroe bent. Dat begrijp ik en dat gun ik je, want je doet het goed. Maar dit is iets anders. Dit zijn levensgevaarlijke criminelen waar al een hele rits therapieën op zijn mislukt. Professionele hulpverleners hebben hun tanden op ze stuk gebeten. Die kwamen er niet uit en nu krijg jij ze op je bordje!' Ze verzachtte haar toon. 'Aab.' Ze streelde zijn haar, 'hoe goed jij het ook doet, hier ben jij niet aan toe. Doe mij en jezelf een plezier en begin hier niet aan. Dit is veel te gevaarlijk.'

Abel knikte. 'Ik weet het, Poekie. Ik besef ook wel dat dit een forse kluif gaat worden. Maar weet je, ik snap dit soort gasten. Want in wezen verschil ik niet zo veel van ze. Dit zijn ook vrije vogels, net als ik. Alleen hebben zij ooit ergens de verkeerde afslag genomen. Wij zouden dat niet gedaan hebben, maar wij zaten ook niet in hun situatie. En ik heb toch ook allerlei stomme blunders gemaakt in m'n leven? Hoe vaak heb ik niet een totaal foute beslissing genomen? En daar is het eind bepaald niet van in zicht. Alleen is het bij mij, en dat is niet in de laatste plaats dankzij jou, toevallig goed gegaan. En nu ben ik in de positie dat ik ze kan helpen! Ik heb nu ervaring, ik heb research gedaan op internet en, echt Poekie, ik voel dat ik dit kan.' Hij greep haar hand. 'Lieve schat, jij en ik, samen kunnen we deze klus klaren.' Voorzichtig kuste hij haar lippen. 'Dit zou wel eens ons grootste succes ooit kunnen worden.'

***

'Sjeng!' riep Angela. Met haar ogen half dichtgeknepen tegen het felle zonlicht uit de hoge ramen liep ze de paardenstal in.

Sjeng richtte zich op en stootte met een doffe bonk zijn hoofd tegen de motorkap van een Renault 504 Pininfarina uit 1972. Binnensmonds vloekend keek hij om. 'Ja?'

'Sjeng, wil je me helpen?'

Hij hoorde de ernst in haar stem en liep naar haar toe. 'Wat is er, wijffie?' vroeg hij bezorgd.

'Die bus die is aangekomen, dat zijn een stel criminelen. Maar Abel wil ze op sleeptouw nemen om ze op het rechte pad te krijgen. Een maand lang! Ik heb geprobeerd om dat uit z'n hoofd te krijgen, maar hij wil niet luisteren. Kun jij niet met hem praten? Jij hebt toch ook in de gevangenis gezeten? Jij weet wat voor types dit zijn. Ik ben bang dat ze Abel met huid en haar opvreten!'

Een uur later kwam Sjeng de kasteelkeuken in, een sombere trek om zijn mond.

'En?' vroeg Angela hoopvol.

Mismoedig schudde hij zijn hoofd. 'Lou loene.' Hij ging op de riddertafel zitten, zette zijn gelaarsde voet op een stoel. 'Ik heb even met 'm gekletst.' Hij streek met zijn hand over zijn kort geschoren stekeltjes, wat een raspend geluid veroorzaakte. 'Maar hij zegt dat hij weet hoe je dat soort gasten moet aanpakken. Daar was hij helemaal zeker van, zei hij. Ik heb geluld als Brugman, maar ik kreeg het niet uit z'n kop. Toen ben ik even wezen kijken in de slaapzaal. Daar waren die gasten net aan het uitpakken. Beetje gesmoesd hier en daar.' Hij trok een vermoeide grimas. 'Dit zijn serieuze klootzakken, wijffie. Ik ben geen lieverdje, maar dit is echt linke shit.' Hij keek Angela bezorgd aan. 'Hier moet die lange zijn vingers niet aan branden. Ik wil je niet bang maken, maar hier krijgt hij geheid gelazer mee.'

Handenwrijvend kwam Abel even later Angela's kantoortje binnen. 'Zo, lieve schat. Onze gasten hebben zich geïnstalleerd, ik heb al even kennis gemaakt en ik heb er een heel goed gevoel bij –'

'Aab,' onderbrak Angela hem en wees op haar laptop. 'Ik heb

hier hun dossiers. Ik lees je er even een paar voor. "Mohammed Moussaoui, bijnaam Popeye. Lijfwacht van Abdel Loukill, veroordeeld tot twintig jaar cel voor drie verschillende moorden op –"'

'Stop!' riep Abel. 'Sorry hoor, lieverd, maar ik wil niet weten wat ze op hun kerfstok hebben. Ik wil met die mannen aan de slag om wat ze zijn, niet om wat ze waren. Het gaat niet om het verleden, het gaat om de toekomst. Ik geloof in het goede van de mens. Poekie, zullen we vanavond echt een lekker welkomstdiner voor ze geven?'

Angela sloeg haar handen voor haar gezicht. Djiezus, ging het door haar heen. Nee, ik heb dit niet gehoord. En ja, hij meent dit. Hij wil dit. Ze haalde diep adem en keek langzaam op.

Abel las de machteloosheid in haar ogen. 'Poekie, ik weet dat ik veel van je vraag, maar please, vertrouw me. Geef me deze kans. Het is maar één maand en echt, als ik dit kan, kan ik alles.'

***

Helemaal alleen stond Abel in het kasteelpark, zijn ogen gesloten, zijn gezicht opgericht naar de ondergaande zon. Om hem heen heerste een stilte die nog dieper werd door het zachte ruisen van de bomen. 'Ik ben een lul,' fluisterde hij. 'Ik ben een ongelofelijke, ontzettende, egoïstische lul.' Hij ademde diep door zijn neus en probeerde de tornado van tegenstrijdige gevoelens die door hem heen kolkte tot bedaren te brengen.

Terwijl de bomen ruisten en de aarde om de zon draaide, stond hij daar. Met opgeheven gezicht, zijn ogen gesloten. Zwaar ademend, zijn spieren gespannen, zijn vuisten gebald.

Plotseling voelde hij een zachte duw tegen zijn buik.

Hij opende zijn ogen. 'Dag, ezeltje.' Vermoeid streelde hij Plato's grijze hals. 'Kom je me redden?'

De ezel schudde zijn hoofd. 'Er is er maar een die dat kan.'

Abel zuchtte. 'Ikzelf?'

'In één keer goed.'

'Ik was er al bang voor.' Hij kroelde de ezel achter zijn oren. 'Maar hoe?'

'Ik sprak een varken,' zei Plato. 'Die was net als jij.'

'Een varken? Hoe dan?'

'Als hij eten zag, vergat hij alles om zich heen, stortte zich erin en at alles op.'

Abel dacht na. Toen knikte hij langzaam. 'Ik geloof dat ik begrijp wat je bedoelt...'

'Ken je dat verhaal van Odysseus?'

'Nee?'

Plato flapperde even met zijn linkeroor. 'Die had iets soortgelijks. Maar om de verleiding te weerstaan bond hij zichzelf vast aan de mast van zijn schip.'

'Ik heb geen schip. En ook geen mast.'

'Denk 'ns goed na?'

Abel boog zijn hoofd, masseerde met twee handen zijn ogen en zuchtte. 'Angela...'

Hoofdstuk 47

Terwijl de avondhemel kleurde in een toepasselijk bloedrood, namen acht zware criminelen plaats aan de lange druivenplukkerstafel op het kasteelterras. Er was feestelijk gedekt met borden, linnen servetten en zilveren bestek, manden stokbrood, porseleinen schalen met rijk gevulde salades en dikke broodplanken met paté en terrine.

'Nogmaals welkom,' zei Abel nadat hij zichzelf, zijn vrouw en zijn vrienden had voorgesteld. 'Hartstikke leuk dat jullie er zijn. En nu eerst...' triomfantelijk hield hij een fles van zijn eigen Merlot omhoog. 'Wijn!'

Niemand reageerde.

Abel stond op en vulde de glazen, Sjeng deelde flesjes Kronenbourg uit, Angela schepte de borden vol met Chili sin carne en Kim sneed het stokbrood.

'Allez!' Abel stak zijn glas in de lucht. 'Santé allemaal en Bon appétit!'

De mannen negeerden hun wijnglas, bogen zich zwijgend over hun bord en begonnen te eten.

Van de weeromstuit wist niemand meer wat te zeggen.

Van tafel klonk slechts het getinkel van bestek.

Abel keek het een paar minuten aan, toen ging hij staan en tikte tegen zijn glas.

Hij stond daar mooi. Zijn lange haar en zijn luchtige witte kleding in de rossige gloed van de ondergaande zon. 'Lieve mensen,' zei hij monter. 'We gaan er een fijne tijd van maken met z'n allen. We gaan proberen onszelf schoon te wassen van alle shit die je in het leven nou eenmaal over je heen krijgt. En als dat lukt, komen we d'r allemaal als een ander mens uit. Beter, sterker, positiever. Maar eerst gaan we mekaar beter leren kennen.'

'We kennen mekaar al,' gromde een kleine man zonder op te kijken. 'Beter dan me lief is.' Hij was een jaar of veertig en had vettig zwart punkhaar dat recht overeind stond boven een wezelachtig gezicht.

Hier en daar werd gegrinnikt.

'Dat scheelt,' zei Abel. 'Hoe heet je?'

'Wezel.' Met een laconieke grijns wreef hij over zijn spitse neus, waardoor hij nog meer gelijkenis vertoonde met dit kleine roofdier.

'Aangenaam,' zei Abel. 'Ik ben Abel. Oké, jullie kennen mekaar al, maar wij jullie niet. Dus laten we even kort vertellen wie wie is en wie wat doet. Ik begin bij jou, Wezel. Wat heb je gedaan en waar zit je voor vast?' Abel was niet op de hoogte van de ongeschreven wet in het criminele circuit dat je die vraag nooit stelt, maar wellicht was het door zijn naïeve directheid dat hij ermee wegkwam.

'Ik?' zei Wezel. 'Nee, dank je.' Hij wees op een grote zweterige man, zo kaal als een biljartbal, met een deegachtige huid die duidelijk zelden zonlicht zag. 'Dan moet je bij hem wezen.' Hij grijnsde spottend. 'Dat is echt een gevaarlijke gangster.'

De kaalkop lachte goedmoedig. 'Nou wordt ie mooi! Ik ben verdomme de enige van dit stelletje gajes die géén gangster is. Ik ben een zakenman.' Iemand lachte honend.

'Dat moet een fijn gevoel zijn,' zei Abel. 'Vertel daar 'ns wat meer over? En hoe heet je?'

'Ze noemen me Vreetzak,' zei hij met een zwaar Rotterdams

accent. Hij klopte op zijn indrukwekkende buik. 'Omdat ik culinair meer in m'n lijer heb dan dit zootje patatproleten.' Er klonk boegeroep en een enkele verwensing.

Abel ging er niet op in. 'Waarom zit je vast?'

'Dat zou ik ook wel 'ns willen weten! Nooit wat fout gedaan. Gewoon legale handel. Tenminste, dat wordt het binnenkort, als het wordt vrijgegeven.'

'Vreetzak doet in feestpilletjes!' riep iemand. 'Geef 'ns een rondje, Vreetzak! Dat kan hier allemaal!'

'Ha, Smarties,' gooide Abel het codewoord voor xtc erin. 'Nou, mag ik je dan even voorstellen?' Hij wees op de kaal geschoren, zwaar getatoeëerde bendeleider in zijn leren motorvest tegenover hem. 'Dit is onze eventmanager Sjeng. Jullie hebben samen vast veel te bespreken.'

Sjeng gromde iets onverstaanbaars en nam een slok bier.

Met zijn glas wees Abel op een boomlange, gespierde kerel van Marokkaanse afkomst met een grote vierkante kop en zwart stekeltjeshaar dat naadloos overging in een zwarte stoppelbaard. Om hem heen hing de dreigende sfeer van iemand die je maar beter met rust kon laten. 'En you? Hoe heet je en what's your story?'

De reus keek hem achterdochtig aan, maar gaf geen antwoord.

'Jij bent toch degene die Popeye wordt genoemd?' hield Abel aan.

De man bleef Abel zwijgend aanstaren met een blik alsof hij zijn bedoelingen volledig doorzag, of dat hij juist geen idee had en hem dat geen reet kon schelen. Waarschijnlijk dat laatste, dacht Abel. 'Oké dan...' Hij knikte naar de man naast de reus waar hij eerst overheen had gekeken, een klein kereltje dat hem loerend aankeek, het hoofd tussen de schouders als een schuwe schildpad.

‘En jij?’

‘O jee!’ riep iemand. ‘Nou gaat ie Muis doorzagen. Kijk uit, mensen!’

‘Wat wilt u van mij?’ vroeg de kleine man.

‘Gewoon,’ stelde Abel hem gerust. ‘Even voorstellen.’

‘Ze noemen me Muis.’

‘Ik ben Abel. Waarom zit je in de nor?’

Muis schudde gedecideerd zijn hoofd. ‘Het lijkt me niet dat dit hier ter zake doet.’ Hij boog zich over zijn bord en begon te eten.

‘Jawel toch? We moeten een maand met elkaar door. Dan is het toch handig als we een beetje weten wat we aan elkaar hebben?’

‘Ik ben hier op onvrijwillige basis,’ zei Muis zonder op te kijken van zijn bord. ‘Richt u zich svp tot een ander.’

‘Je eten wordt koud, Aab,’ kwam Angela tussenbeide. Ze stak de pollepel omhoog. ‘Wie wil er nog wat?’

Een paar gasten hielden hun bord bij. Abel hervatte zijn maaltijd.

‘Hé baas...’ Naast hem stak een breedgebouwde man met een neus die meer dan eens gebroken was geweest zijn hand uit. ‘Ik ben Bokser.’

‘Aangenaam. Abel.’ Hij schudde zijn hand, zijn blik viel op de gezwollen knokkels, glanzend rood als aardbeien. ‘Djiezus! Wat is er met jou gebeurd!’

Bokser grijnsde. ‘Tja, gebroken geweest. Al m’n vingers. Ik had mot met een stel klootzakken. Maar ik kan nog goed uit de voeten, hoor.’

‘O, nou, gelukkig maar.’ Hij wees naar Boksers lege bord. ‘Heeft ’t ’n beetje gesmaakt?’

‘Nou! In tijden niet zo lekker gegeten. Die kan koken, die

vrouw van jou.'

'Merci, dat moet je tegen haar zeggen.'

Hij boog zich naar Abel en zei zacht: 'Je moet Muis met rust laten. Die houdt daar niet van.'

Abel knikte. 'Dat heb ik gemerkt. Maar dank voor de tip. Ik zal het doen. Waarom zit hij vast?'

Bokser ging nog zachter praten. 'Hij deed onderzoek. Voor de Esso. Heeft ie twintig jaar gedaan. Toen kregen ze een nieuwe chef. Volgens die gast was Muis z'n onderzoek te langzaam gegaan; ingehaald door de tijd. Van al die data die Muis twintig jaar lang had zitten verzamelen, konden ze niks meer gebruiken. Of ie z'n bureau maar leeg wilde maken. Toen werd ie gek en is die vent naar z'n strot gevlogen. Ze trokken hem eraf, maar het is een verdomd fel kereltje. Hij bleef 'm z'n strot dichtknijpen. Toen ze die kleine opdonder eindelijk van 'm af hadden, was die hartstikke dood.'

'Djiezus...' Abel nam Muis, die rustig zat te eten, met nieuwe ogen op. 'Heftig zeg.'

Bokser lachte. 'Heftig? Hij is de minste van ons allemaal.'

'En die Surinamer die ze Sjef Peppie noemen?'

'Cokedealer. En wat voor een. Lijkt een vrolijke lachebek, maar kijk uit. Gevaarlijke gast.'

'Oké... En die bleke vent met die kale kop, Vreetzak?'

Bokser wierp een korte blik naar de tafel, maar Vreetzak zat schuddebuikend te lachen, zijn kale hoofd glimmend van het zweet. Bokser liet zijn stem dalen. 'Die heeft zijn zaakjes goed voor mekaar,' fluisterde hij. 'Heeft een heel netwerk in de Rotterdamse haven. Gasten die de containers regelen, uithalers, wegbrengers, heeft de hele shit onder controle daar. Grote jongen. Ook buiten de bajes veel contacten. Hij kan dingen regelen.'

'Maar wel gepakt dus.'

'Tja...'

'En die Marokkaan?'

'Popeye.' Bokser schudde zijn hoofd. 'Geen idee. Die zegt nooit wat.'

'Waarom niet?'

Bokser haalde zijn schouders op. 'Weet ik veel. Hij praat gewoon niet. Is body geweest. Heeft drie gasten gepopt. Ik zou 'm maar met rust laten. Linke gast ook.'

'Hé, goeroe!' Vreetzak stak een grote hand in Abels richting, het lege wijnglas leek klein tussen zijn dikke worstvingers. 'We zitten te verdorsten! Hebbie nog wijn?'

'O, excusez-moi! Komt d'r an!' Abel ontkurkte een verse fles en maakte een schenkrondje langs de tafel. 'En jij dan?' vroeg hij aan Bokser toen hij weer ging zitten.

'Ik? Ik boks. De mooiste sport die d'r is. Kampioen van Noord-Holland geweest. Vechten man. Tot je dood neervalt. Als je gaat vechten, moet je ook bereid zijn om te sterven. Anders moet je de ring niet instappen. Daarom win ik. Het maakt me geen reet uit of ik doodga of niet. Liever niet natuurlijk, maar ik wil winnen. Absoluut fucking winnen. En dan aan het eind van de wedstrijd, als je in de ring staat naast je tegenstander, de scheids in het midden. Je voelt zijn hand om je pols en dan opeens trekt ie jouw hand de lucht in. Gejuich van het publiek en dan zeiknat van het zweet, dichtgeslagen oog, bloed uit m'n neus, naar de corner en dan m'n meissie die me in m'n armen valt. Dan jank ik gewoon. Dan jank ik van geluk.'

'Wow!' zei Abel. 'Gaaf, man. Echt vet. Maar wat ging er mis?'

Bokser masseerde zijn gezicht. 'Ik had succes. Was bijna

Nederlands kampioen. Toen ging ik stomme dingen doen. Coke... Zuipen... Ik werd body. Toen heb ik een paar gasten voor hun flikker geschoten...'

Hoofdstuk 48

De volgende ochtend hadden de gedetineerden zich om negen uur verzameld op het marsveld.

'Wow!' riep Abel die als laatste kwam aanwapperen. 'Wat een discipline!'

Vreetzak veegde een vlieg van zijn kale hoofd. 'Dat leer je wel in de bajes, maat.'

'Nou, dat is dan mooi meegenomen,' zei Abel. 'Ik wil jullie graag in een rij naast mekaar hebben, dat praat makkelijker, dus ga zitten, ga zitten!'

'Ik heb net vier jaar gezeten!' riep Kraantje, een slungelige bleke kluiskraker die ooit met een hijskraan uit een Belgische gevangenis was ontsnapt.

Onder ruw gelach zochten de mannen een plekje in het gras.

Omdat het Abel voor deze eerste ochtendgroet niet gepast leek om deze door het leven geteisterde criminelen vanaf zijn hoge positie op de witte rots toe te spreken, besloot hij op aarde te blijven. Hij zette zich tegenover de mannen in het gras en nam een ontspannen kleermakerszit aan. Een licht briesje speelde door zijn haar en zijn vaalwitte kleding.

'Gasten,' sprak hij ferm. 'Ik vind het fantastisch dat jullie er zijn. Sterker nog, ik ben er trots op. Ik heb jullie gisteravond wat beter leren kennen en hoe kort ik je dan misschien nog maar ken, ik vind jullie stuk voor stuk helemaal te gek. Ik heb diep respect voor jullie, hoe het leven je te pakken heeft genomen en hoe jullie daar, allemaal op je eigen manier, mee omgaan. Ik ben trots dat ik, al is het maar voor een maand, een van jullie mag zijn.' In een religieus gebaar vouwde hij zijn handen voor zijn borst en keek zijn gasten met oprechte eerbied aan. 'Respect!' Hij boog zijn hoofd. 'Diep respect.'

Even bleef het stil, toen begon Bokser traag in zijn handen te klappen. Hij deed dat op zo'n manier dat je het kon uitleggen als een teken van bijval, maar ook als ironie.

Abel vatte het op als het begin van succes en stak twee gebalde vuisten in een overwinningsgebaar in de lucht. 'Power to the people!'

Niemand reageerde.

'We gaan het doen!' riep Abel. 'We gaan ass kicken!'

'Oké,' zei hij toen het opnieuw stil bleef. 'Ik heb een plan. Maar voor ik dat uitleg, zou het toch wel lekker wezen om toch nog wat meer van mekaar te weten. Dus ik ga in het wilde weg dingen vragen, want we moeten een beetje zien te bonden. Zo vertelde Bokser me gisteren dat hij "een paar gasten voor hun flikker had geschoten" en...'

'Bravo,' riep iemand.

'Wat vinden jullie daarvan?' vroeg Abel. 'Dat je zoiets doet?'

De Surinaamse Sjef Peppie stak een hand vol goudglanzende ringen op. 'Ik ben ooit begonnen als body.' Hij had een verrassend lage stem, zoemend als een grote hommel, maar toen hij begon te praten zweeg iedereen. 'En als body schiet je wel eens iemand voor z'n flikker. Maar dat is je werk. Dat doe je omdat je d'r voor wordt betaald.'

Wezel keek op van het sjekkie dat hij zojuist had aangestoken. Vandaag had hij zijn zwarte piekhaar getrakteerd op een extra dosis vet; het stak recht omhoog als een bos vijfduimers. 'Ik heb eerder spijt,' zei hij terwijl hij zijn aansteker in de borstzak van zijn spijkerhemd liet glijden, 'dat ik een stel gasten níét voor hun flikker heb geschoten. Ik zit nou tóch vast.' Er werd gelachen, maar er klonken ook instemmende geluiden.

'Weet je wat het is,' Kraantje schudde zijn sluike haar uit zijn gezicht, 'voor de misdaad kies je niet. Je rolt erin. Ik had een BMW X5. Gave kar, van nul tot honderd in vier seconden. Alleen kreeg ik elke dag een bekeuring. Die ging ik natuurlijk niet betalen. Toen kwamen ze me halen. Ik dacht: oké, ik ga jullie wel betalen, maar dan van je eigen geld. Toen hebben we zo'n Brinks-car gepakt.'

'Echt?'

'Ja, man! Die auto, met zeven miljoen d'r in, kwam elke week op precies dezelfde tijd langs! Die gast stopte ook elke week bij hetzelfde pompstation om te pissen. Dan vraag je d'r toch om? Dat is gewoon uitlokking!'

Joelend staken de mannen hun vuisten in de lucht. 'Yeey! Goed zo, Kraantje! Waar heb je 't verstopt? Deel 'ns wat uit!'

'Oké, mannen!' riep Abel over het geroep heen. 'Het is duidelijk dat we allemaal op onze eigen manier de lul zijn. Iedereen is het slachtoffer van zijn omstandigheden. Van zijn eigen dromen, of ambities of wat voor shit dan ook. Daar kunnen we hier in één maand niet veel aan doen. Wat we wél kunnen doen, is je mind wapenen tegen je grootste vijand...,' hij stak zijn arm omhoog, beschreef een wijde boog en plaatste zijn gestrekte wijsvinger op zijn hart, '...jezelf.'

Alsof ze het zo getimed had, kwam Kimberley aanlopen met een blad bekers, een grote thermoskan koffie en een mand croissants.

'Merci, Kim!' riep Abel. 'Wat handig, die gave van jou, je voelde natuurlijk waar we aan toe waren!'

'Precies,' zei Kimberley en begon koffie in te schenken.

'Oké, gasten!' riep Abel toen iedereen was voorzien. 'We gaan verder. Het gevecht met jezelf.'

'Kom maar door!' riep Vreetzak met volle mond.

'Tweeduizend jaar geleden had je in Griekenland een gast, een filosoof, die overal schijt aan had. Als iets mislukte, dan vond hij dat mazzel. "Een tegenslag is een kans," zei hij dan. "Tegenslag dwingt je creatief te zijn en een oplossing te bedenken." Daar zit veel in, want het leven is tenslotte niet wat er gebeurt, het leven is wat je dénkt dat er gebeurt. Voel je je kut, dan is je leven ook kut. Positief blijven dus. Da's natuurlijk makkelijk lullen, maar als je de tijd neemt om de boel op een rijtje te zetten, snap je beter wat je moet doen. En dat kan door in je hoofd een isoleercel te bouwen. Een plek waar niemand je kan fucken. Een bajes in je kop, zeg maar. Alleen wat echt belangrijk is mag daarin, alle shit blijft buiten. Kill je negatieve gedachten. En dat kun je overal doen. Ook in de bajes. De komende dagen gaan we leren hoe je een bajes in je kop moet bouwen.' Hoopvol keek Abel naar zijn gehoor, maar de mannen keken hem ongeïnteresseerd aan.

'Slap gelul!' riep Wezel. 'We zitten al in de bajes!'

'Ja,' riep Sjef Peppie. 'Flikker een eind op, man. Met je bajes!'

Popeye, de Marokkaanse bodyguard, stond op en liep zonder een woord weg. Daarna kwam de een na de ander overeind en verliet zwijgend het marsveld, tot de goeroe, nog altijd in de kleermakerszit in het gras, geheel alleen achterbleef.

Hoofdstuk 49

Op de tweede dag verschenen er slechts drie man op de ochtendgroet. Abel deed zijn uiterste best om contact met ze te maken, maar al zijn pogingen liepen spaak op stuurs zwijgen of flauwe grappen.

Bij de gezamenlijke lunch ging het niet veel beter. De mannen praatten wel onderling, maar Abel werd genegeerd alsof hij niet bestond.

De goeroe gaf evenwel niet op en zocht zijn toevlucht tot een wedstrijdje jeu de boules, maar ook daar had niemand zin in en het spel verzandde in landerige grappen. De rest van de middag brachten de mannen luierend in het gras door, waar zij blikjes cola dronken en chips aten terwijl ze de tijd doodden met bamzaaien.

Aan het einde van de dag, toen iedereen terug was naar de slaapzaal en Abel op het verlaten marsveld de boel aan het opruimen was, bleef Bokser hangen. Hij leunde tegen de witte rots en keek zwijgend hoe de geestelijk leider met een lege vuilniszak in zijn hand blikjes en ander afval uit het gras viste. Na een tijdje verbrak hij de stilte. 'Het wil niet zo, hè?' zei hij met een scheve grijns.

Abel zette de vuilniszak neer en masseerde zijn rug. 'Nee,' zuchtte hij. 'Ik krijg ze niet over de streep. De eerste dag waren ze er allemaal en nu komen ze niet eens meer.'

'De eerste dag wilden ze kijken of je wat te melden had.

Nou, dat had je dus niet.'

'Ik heb toch duidelijk uitgelegd dat ik verbinding wilde maken?'

'Nou, en? Dacht je dat iedereen dan meteen het achterste van z'n tong zou laten zien?' Bokser schudde zijn hoofd. 'No way, man.'

'Waarom niet? Ik sta toch aan jullie kant?'

'Misschien. Maar in de bajes moet je constant uitkijken. Altijd beseffen: niemand is je vriend hier. Je weet nooit wat er achter je rug bekonkelefoesd wordt. Als je een teringlijer bent, word je gefuckt. Maar als je gewoon vriendelijk blijft en ze hebben geen last van je, dan laten ze je met rust. Dus ik hou me gedeisd, snap je. Zeker hier, zonder bewakers. En ik denk dat iedereen dat doet. Dat gelul van jou over die bajes in je kop, voor die gasten is dat ouwe koek, man. Die zitten al jaren vast. Als je dan nog niet hebt gesnopen hoe je daar overeind blijft, dan had je d'r toch allang een eind aan gemaakt?'

Abel trok een gezicht of hij hoofdpijn leed. Merde. Wat een ongelofelijke blunder. Hij was nog wel zo trots geweest op de stoïcijnse levensles waarmee hij zijn ontspoorde logés het licht had willen laten zien. Hij schudde zijn hoofd. 'Het is niet te doen met de gasten. Er komt werkelijk niks vanaf. Die Wezel ook. Zo tegendraads. Niks is goed, altijd maar negatief...'

Geleund tegen de rots maakte Bokser een relativerend gebaar. 'Nou, die heeft 't anders wel voor z'n kiezen gekregen.'

'Wat dan?'

'Hij had drie hasjcafés in Amsterdam. Toen kwamen de mocro's, die gingen het even overnemen. Ieder zinnig mens pakt dan z'n biezen en wegwezen. Maar Wezel niet, die bleef. Toen hebben ze z'n zoontje gepakt. Jochie van twaalf. Het schijnt dat ie toen in z'n eentje een heel stel van die gasten het leven uit heeft geblazen. Tja...' Hij richtte zich op. 'Nou, ik ga maar weer 'ns. Succes.'

***

Op de ochtend van de derde dag zette de zon Abels witte rots in een stralend licht. De geestelijk leider zelf zat al vóór negen uur in een kaarsrechte kleermakerszit in het gras op het marsveld, klaar voor een frisse, motiverende ochtendgroet. Deze stiptheid was een niet te onderschatten staaltje zelfdiscipline, want de geplaagde goeroe had een groot deel van de nacht klaarwakker naar het plafond liggen staren om oplossingen te verzinnen voor de communicatiekloof tussen hem en zijn niet-volgelingen en hij voelde zich, om het woord brak te vermijden, niet geheel in wedstrijdvorm. Nochtans verscheen er niemand om de wijze woorden van zijn lippen te drinken.

Geheel alleen zat Abel op het verlaten grasveld, de wind spelend door zijn haar en zijn witte kleding. Na een kwartiertje vergeefs wachten slaakte hij een binnensmondse verwensing, rees uit zijn goeroehouding en begaf zich naar de slaapzaal.

De mannen lagen te luieren op bed. Sommigen bladerden in een tijdschrift, Wezel had oortjes in en luisterde naar muziek.

'Bonjour!' riep Abel vanuit de deuropening, niemand sloeg acht op hem. 'We gaan beginnen, mannen!' Het bleef stil. Wezel stak een hand op en wuifde loom naar hem.

'Vandaag gaan we leren geweldloos communiceren,' zei Abel.

Verbrande Herman, wiens gezicht aan de linkerkant was bedekt met een plak dik roze littekenweefsel, omdat een con-culega ooit een molotovcocktail door het open raam van z'n Porsche had gegooid, keek even op van zijn tijdschrift en stak zijn middelvinger op. Sjef Peppie draaide de goeroe demonstratief zijn brede rug toe.

'Oké!' riep Abel. 'Het is misschien nog een beetje te vroeg. Over een halfuurtje dan? Op het marsveld? Ik regel koffie en croissants!'

Over de binnenplaats hing een serene rust. Het enige geluid dat de stilte verbrak kwam van het lome gezoem van de hommels rond de lavendel. Uit het park naderde een boomlange kerel met zwart stekeltjeshaar dat overging in een zwarte stoppelbaard. Om hem heen hing de duistere aura van iemand die je maar beter met rust kon laten. Eerst wilde hij zonder iets te zeggen doorlopen, toen keek hij naar de ezel en bleef staan. 'Zooo…,' hij stak een grote hand uit en streelde Plato's hals, 'jij bent een mooitje.' Zijn stem was onverwacht melodieus.

Plato flapperde even met zijn linkeroor.

De grote man hurkte neer, sloeg twee armen om Plato's hals en legde zijn voorhoofd tegen het grijze ezelhoofd. 'Hé, beessie,' fluisterde hij. 'Wat een lieverd ben jij.'

Een tijdje bleef hij zwijgend zo zitten, hoofd tegen hoofd, toen zei hij droevig: 'Ik baal, man...'

Plato wreef zijn hoofd zachtjes tegen dat van de man. 'Wat is er dan?'

Aarzelend begon de bezoeker zijn relaas.

'Ach jee,' zei Plato toen hij was uitgesproken. 'Dat is balen ja. Maar kop op, ik ga je helpen...'

In de kasteelkeuken stond Abel een dienblad te vullen met koffie en croissants toen Kimberley binnenkwam.

'Abel, zit er in jouw groep een grote kerel met zwart haar?'

'Ja, Popeye misschien?'

'Ik ging net even bij Plato langs. Een grote kerel met zwart haar heeft zijn hart bij 'm uitgestort. Hij heeft een probleem.' In het kort legde zij de aard van de kwestie uit. 'Ik denk,' besloot ze, 'dat je veel goed doet als je hem zou kunnen helpen.'

Abel had het niet durven hopen, maar toen hij met zijn volle dienblad het marsveld opkwam, lagen daar drie van de aan hem toevertrouwde gedetineerden in het gras. 'Voilà,' zei hij terwijl hij koffie en croissants uitdeelde. 'Hier is vast koffie, ik ga even de rest van de boys halen. Tot zo.' Hij spoedde zich naar de slaapzaal.

Vanuit de deuropening nam Abel de situatie op. Verbrande Herman en Sjef Peppie zaten op bed gebogen over een dambord en sloegen geen acht op hem. Verder was er niemand te zien. Hij liep langs de rij kamertjes verder de zaal in, maar degene die hij zocht was nergens te bekennen. Toen hij het einde had bereikt, hoorde hij gerucht uit het verblijf van Popeye. Voorzichtig keek hij om de hoek. De grote man was onder zijn bed gekropen en alleen zijn achterwerk stak naar buiten. Abel liet zich zakken en schoof naast hem onder het bed. De reus schokte omhoog, stootte zijn hoofd en slaakte een verwensing. In het donker bliksemden zijn ogen, maar beklemd in de smalle ruimte kon hij niet uithalen om Abel een kaakslag te geven.

'Popeye!' fluisterde Abel. 'Relax! Ik kom je helpen.'

Vijandig keek Popeye hem aan en probeerde met zijn grote lijf iets te verbergen dat zich ergens in het duister bevond. Voorzichtig gluurde Abel langs zijn massieve schouder. Daar, weggekropen in het donkerste hoekje onder het bed, ontwaarde hij een kleine bruine hamster. Het diertje lag op z'n zij met zijn pootjes in de lucht. Abel zag hoe zijn roze voetjes in trillende spasmen heen en weer schokten.

Popeye stak zijn hand uit. 'Benny, kom...'

Het was eerste keer dat Abel de grote man hoorde spreken. 'Popeye,' fluisterde hij. 'Ik weet wat het is. Ik kom je helpen.'

'Hij gaat dood!' kreunde de grote man. 'Kleine Benny...'

'Nee!' fluisterde Abel. 'Ik heb het gevraagd aan Kim, onze dierenspecialist. Het is een Syrische hamster, hij is in winterslaap.'

Popeye kneep zijn ogen tot spleetjes. 'Echt? Hij gaat niet dood?'

'Nee. Hij heeft het alleen koud. Maar je kan hem optillen en weer warm blazen. Dan wordt hij wakker.'

'Echt waar?'

'Ja, doe maar.'

Voorzichtig schoof Popeye zijn grote vechtersknuisten onder het kleine donzige bolletje en nam het in de kom van zijn handen.

'En nu zachtjes in z'n vachtje blazen,' zei Abel.

Onder het bed haalde Popeye diep adem en begon voorzichtig te blazen.

Even later zaten de twee mannen naast elkaar op Popeyes bed. De hamster lag ontspannen in de samengevouwen knuisten van de Marokkaanse reus en keek met zijn glanzende kraaloogjes nieuwsgierig om zich heen.

***

Aangevuurd door dit succes begaf Abel zich met hernieuwd zelfvertrouwen terug naar de mannen op het marsveld. Maar op de open plek trof hij slechts de wind die de blaadjes van de bomen deed ritselen. In het gras lagen wat achteloos weggesmeten koffiebekertjes, iedereen was vertrokken. Hij sloot zijn ogen en probeerde kalm te blijven. Met opeengeklemde kaken beende hij terug naar de slaapzaal.

Voor de geopende deuren lagen de mannen op het grasveld in de zon, Wezel lag naar muziek te luisteren, Sjef Peppie was met ontbloot bovenlijf push-ups aan het doen.

'Bonjour, gasten!' riep Abel. 'Zullen we zo beginnen? Ik wilde –'

Vreetzak keek verstoord op uit zijn tijdschrift. 'Flikker nou toch 'ns op, man. Laat me met rust.'

'Ja, wegwezen leipo!' viel Verbrande Herman hem bij.

Abel probeerde te lachen. 'Nou ja, ik overval jullie er misschien een beetje mee, maar vanmiddag kunnen w–'

'Fuck off!' riep Wezel. 'Heb je niks beters te doen? Ga je wijf vervelen met je geouwehoer!'

Hulpzoekend keek Abel naar Bokser, maar die lag op zijn buik in het gras te slapen, of deed alsof. Abel draaide zich om naar de slaapzaal, maar Popeye, de enige van wie hij misschien op een klein beetje bijval had kunnen rekenen, was in geen velden of wegen te bekennen.

Met afhangende schouders liep Abel naar het kasteel. Halverwege het marsveld stond Plato onder een boom in de schaduw. Abel bleef staan en krabbelde in de zachte vacht tussen zijn oren. 'Hallo, ouwe jongen, alles goed?'

Plato glimlachte. 'Beter dan met jou, geloof ik.'

'Tja,' zuchtte Abel. Hij wees naar een smal paadje dat het park in slingerde. 'Zullen we een stukje gaan lopen? M'n pet staat er momenteel niet zo naar om Angela onder ogen te komen...'

'Prima.'

Met gebogen hoofd liep Abel over het pad, Plato achter hem aan. De bomen stonden hier dicht op elkaar, er viel maar weinig zonlicht door het bladerdak.

Een tijd lang liepen ze achter elkaar door het stille bos.

'Plato?' zei Abel zonder achterom te kijken.

'Ja?'

'O, niks,' zei Abel. 'Ik wou alleen maar weten of je d'r was.'

Hoofdstuk 50

Abel en Angela zaten op het achterterras. Dat was een fijne plek. Met het oude château in de rug zat je er uit het zicht, met een weids panorama over het kasteelpark. Een schaapskudde van wolken in perzikoranje en paars dreef langzaam over hun hoofden als de onderkant van een oneindig ruimteschip. Een schilder zou direct kwast en verf grijpen om dit magische tafereel op het doek te knallen.

Maar Abel had er geen oog voor. 'Wat een dag...' kreunde hij. 'Ik ben kapot.' Hij nam een slok rode wijn en slikte die zonder te proeven door. Een tijdje bleef hij verwezen voor zich uit zitten staren, toen zette hij zijn glas neer en wreef in zijn ogen.

'Je had gelijk,' mompelde hij met zijn handen voor zijn gezicht. 'We hadden ze terug moeten sturen.' Hij keek op. 'Sorry, lieve schat, dat ik je hierin heb meegesleept.' Zuchtend schudde hij zijn hoofd. 'Het is totaal mislukt. Een volle week bezig en helemaal nul resultaat...'

Angela stond op, ging achter hem staan en masseerde zijn schouders. 'Held. Je doet het hartstikke goed.'

'Nou, geweldig,' kreunde Abel en legde zijn handen op de hare. 'Ik bak er alleen geen hout van...'

'Ik heb met Bob en Arie gepraat, die bewakers. Hun opdracht is sec rapporteren in geval van een ontsnapping. Maar deze groep maakt deel uit van een re-integratieprogramma. Als ze het goed doen, komen ze vervroegd vrij, dus die gaan er heus niet vandoor. Verder mogen de gedetineerden zelf weten of ze aan de activiteiten meedoen of niet. Alles op basis van vrijwilligheid.'

'Dat heb ik gemerkt,' zei Abel bitter.

Angela ging zitten en pakte haar wijnglas. 'Santé, lieve schat. Op jou. Je bent een held.' Ze wees naar de ondergaande zon die de wolken kleurde in een mix van rood, oranje en violet. 'Kijk 'ns wat mooi? Dat doet de zon speciaal voor jou.'

Abel proostte met een vermoeide glimlach.

Samen keken ze naar de zonsondergang. Angela nipte van haar wijn, dacht goed na en zei toen: 'Eigenlijk hè...'

'Ja?'

'Eigenlijk is het beste wat je nu kan doen, gebruik maken van je kracht.'

'Ja, die ik dus niet heb.'

'Tuurlijk wel. Alleen zoek je het in de verkeerde hoek.'

Abel wreef in zijn ogen en mompelde iets onverstaanbaars.

'Ik zou stoppen met op internet kijken hoe goeroes het doen en vanaf nu op je eigen kracht vertrouwen.'

'Goed idee. Vertrouwen op een kracht die ik niet heb...'

'Serieus, Aab. Die heb je wél. Je hebt vroeger in allerlei bandjes gespeeld.'

'Tja...'

'Muziek is je grote liefde. Vijfentwintig jaar je cd-winkeltje in de Jordaan. Je weet alles van de muziek uit de seventies. Volgens jou de beste muziek die ooit gemaakt is.'

'Nou ja...'

Angela boog naar hem toe en greep zijn handen. 'Daar ligt jouw kracht, Aab!' zei ze indringend. 'Breng die liefde over! Muziek! Dáár pak je ze mee!'

Hoofdstuk 51

De bestuurder van het roestige bestelbusje was twee meter lang, waardoor hij enigszins voorovergebogen achter het stuur moest zitten. Dit voorkwam niet dat hij bij elke hobbel in de weg zijn hoofd tegen het dak stootte. Er zaten nogal wat hobbels in de weg, zodat hij zich mopperend moest vastklemmen aan het stuur. Bij het reclamebord met de afbeelding van het kasteel tegen een strakblauwe hemel dat Angela daar had laten plaatsen, sloeg hij linksaf.

Tien minuten later rammelden de planken van de ophaalbrug met een hol geluid onder de banden van het zwaarbeladen busje. De snoek die onder de brug al geruime tijd bewegingloos in het water van de slotgracht stond, schoot weg tussen de waterplanten. De grote roofvis deed dit, zoals we aanstonds zullen merken, niet zonder reden.

'Voilà!' In de deuropening van de hooischuur maakte Abel een weids gebaar. 'Onze oefenruimte.'

'Te gek!' De slungel met de paardenstaart liet zijn blik door de grote open hooischuur dwalen. De middagzon wierp brede stralen door de stoffige raampjes en verlichtte stapels strobalen. 'Hoe cool is dit! In Béziers zouden ze hier een moord voor doen. Goeie akoestiek ook, met al dat stro. Gaat vast supervet klinken.'

'Ik kan niet wachten,' zei Abel opgewonden. 'Kom op! Uitladen!'

Toen Angela een uurtje later de hooischuur binnenkwam, zetten met stofjes doorspikkelde zonnebanen een glanzend Ludwig-drumstel van ijsblauwparelmoer in het licht. Tegen de strobalen stonden gitaren, versterkers en microfoonstandaards. In de hooiberg lag een ordeloze berg percussie-instrumenten. Ze snoof de doordringende wietlucht op. 'Hoera!' lachte ze. 'Back to the eighties!'

'We gaan rocken!' riep Abel. Hij wees op de paardenstaart die volledig van de wereld op een Fender Precision bas het intro van 'Under pressure' van David Bowie stond te bassen. Met zijn voet stampte hij het ritme mee en zwiepte met woeste bewegingen van zijn hoofd zijn staart van links naar rechts. 'Dat is Fève, van Le Chat Qui Rock uit Béziers!' riep Abel. 'Hij heeft alles gebracht en helpen aansluiten!'

Fève zette de basgitaar tegen een strobaal. 'Coole plek,' zei hij en gaf Angela een slome hand.

'Mooie spullen,' zei Angela.

'Merci. Ja, we doen alleen vintage instrumenten.' Hij grinnikte. 'Verpakkingsvrij thuisbezorgd. O, wacht. Bijna vergeten.' Hij liep naar zijn busje en kwam terug met een mintgroene ukelele. 'Deze had je niet besteld, maar ik zag 'm liggen en ik vond het zó'n gaaf ding.' Hij gaf hem aan Abel. 'Voilà, cadeautje van de zaak.'

Hoofdstuk 52

Voor de deuren van de slaapzaal hadden de gedetineerden het zich gemakkelijk gemaakt. Een aantal lagen met hun armen onder hun hoofd in het gras, anderen zaten op stoeltjes in de schaduw. Bokser en Kraantje waren aan het tafeltennissen.

Abel kwam over het pad aanlopen. 'Bonjour, allemaal!' riep hij opgewekt.

Niemand reageerde.

Maar daar had Abel op gerekend. Hij was vastbesloten zich door niets te laten tegenhouden. De beuk d'r in, had hij zich voorgenomen. Niet lullen maar poetsen. Hij verhief zijn stem. 'Over een halfuurtje is het vijf over drie,' riep hij krachtig. 'Dan zit de vijf in de klok.'

'Doe mij dan maar een mojito!' riep Vreetzak en bulderde van het lachen. 'Met veel ijs.'

'Jammer joh...' lachte Abel. 'Maar wat wij gaan drinken is minstens zo lekker. Het is tegen de regels, want we mogen jullie geen alcohol schenken, maar vanmiddag hebben we daar even schijt aan. Ik heb een wijnproeverij opgezet. Illegaal, dus niet over lullen!' Hij stak zijn gebalde vuist in de lucht. 'Power to the people! Over een halfuur op het marsveld. Tot zo!'

Abel en Sjeng waren bezig op een campingtafeltje flessen wijn te ontkurken toen de mannen uit het park kwamen slenteren.

De goeroe wierp een snelle blik op zijn horloge. 'Haha,' grinnikte hij tegen Sjeng. 'Een kwartier te vroeg. Wine rules the world.' Hij zwaaide met een fles. 'Bonjour, gasten! Ik mis twee man.' Hij ging de gezichten langs. 'Ah, Muis en Popeye. Waar zijn die?'

'Die lusten geen wijn,' grijnsde Verbrande Herman.

'Dat maakt niet uit,' zei Abel. 'Bokser, doe me een lol, ga jij ze even halen. Zeg anders tegen Popeye dat hij het doet voor Benny, dan snapt hij 't wel.'

Schouderophalend maakte Bokser rechtsomkeert.

Even later was hij terug met de twee mannen.

'Bravo!' riep Abel. 'Fijn dat jullie gekomen zijn.' Hij had intussen de wijn ingeschonken. 'We beginnen met een lesje slurpen,' zei hij terwijl Sjeng de glazen uitdeelde. 'Dat hoort bij wijnproeven.'

Nadat Abel zijn onwillige gasten de beginselen van het walsen, ruiken en slurpen had bijgebracht en ze het eerste glas robijnrode Malbec achter de knopen hadden, klaarde de stemming op. De mannen praatten onderling, er werd gelachen en sommigen lagen met een tweede glas wijn ontspannen in het gras. Zelfs Muis had zijn spitse neus in zijn glas gestoken en snuffelde met een diepe denkrimpel boven zijn ogen aan de inhoud.

Abel rechtte zijn rug en tikte met zijn kurkentrekker tegen een fles. 'Gasten, voordat we verder gaan eerst even wat anders.' Hij stak zijn glas omhoog en liet het zonlicht erin fonkelen. 'Wijn is fijn. Het brengt rust, vrede en vrolijkheid.' Hij nam een slok en vervolgde: 'En het smaakt nog lekker ook. Maar er is meer. Er is nóg iets wat verbindt en verbroedert, wat de ziel laat juichen en het hart doet zingen. Iets wat –'

'Ja! Smarties!' riep Wezel. 'Deel maar uit!' Trots keek hij om zich heen, maar niemand lachte. Men wachtte op Abels onthulling.

‘Naast wijn,’ ging Abel onverstoorbaar door, ‘is er nóg iets waar iedereen van houdt...’

‘Ja, een potje neuken!’ riep Wezel.

Sjeng liep naar hem toe, greep hem in zijn kraag en trok hem uit het gras. ‘Luister, vriend,’ zei hij kalm. ‘Die gozer staat daar verschrikkelijk zijn best te doen om het zo goed mogelijk voor mekaar te krijgen. Onder andere voor jou, lamlul. Dus nu kappen met je grote muil, anders trek ik je kop van je romp. Heb je dat?’

‘Laat me los, klootzak!’ siste Wezel woedend.

Sjeng tilde hem met één hand in de lucht zodat zijn voeten boven de grond bungelden. ‘Heb je dat?’ herhaalde hij.

‘Ja, ja,’ hijgde Wezel. ‘Zet me neer!’

Sjeng liet hem los en met een kreet van pijn plofte Wezel in het gras.

‘Vanaf nu: hou je kop en je doet gewoon wat die meneer zegt,’ zei Sjeng. Hij beende terug, ging wijdbeens naast Abel staan en vouwde zijn armen voor zijn borst.

Mijn eigen geest uit de fles, dacht Abel met een verstolen glimlach. ‘Excusez, voor deze kleine interruptie,’ zei hij grijzend tegen zijn gehoor. ‘Maar onze cursusleider Geweldloos communiceren heeft zo z’n eigen stijl om zijn argumenten kracht bij te zetten. Hoe dan ook, ik had het dus over een fenomeen dat je in vuur en vlam kan zetten en waar je enorme power van krijgt, namelijk...’

Hij draaide zich om, stapte achteruit en verdween met wapperend gewaad achter zijn witte rots. Even leek hij door de aarde verzwolgen, toen sprong hij tevoorschijn. Met twee handen hield hij een rode Fender Stratocaster hoog boven zijn hoofd. Hij zette zich in de Jimi Hendrixpositie, hief zijn rechterarm en wees met een gestrekte wijsvinger naar de hemel.

Een kort moment stond hij daar, alsof hij alle goden tegelijk uitdaagde. Toen sloeg hij met een machtig maaigebaar een akkoord aan dat het kasteel op haar grondvesten deed trillen.

Terwijl het gitaarakkoord wegdreunde tussen de stammen van de bomen, keken de mannen met stomheid geslagen naar de goeroe met de rode gitaar.

Langzaam daalde er een stilte over het marsveld.

Niemand sprak. Alleen de cigales bleven onverstoorbaar doortjirpen. Een zacht briesje liet de blaadjes ruisen.

Toen viel er uit de boom waar Abel onder stond een eikel met een droge tik op zijn hoofd.

Hoofdstuk 53

De middagzon wierp lange stralen door de stoffige raampjes van de hooischuur. Tussen de strobalen drentelden de mannen langs de uitgestalde muziekinstrumenten, nieuwsgierig als wilde dieren rond een onbekende prooi.

Verbrande Herman streelde de trommels van het ijsblauwe drumstel. 'Jezus, da's lang geleden!'

Abel kwam naast hem staan. 'Heb jij gedrumd dan?'

'Zeker weten! Ik was drummer bij Black Widow, uit Den Haag.'

'Gaaf, man. Kun je 't nog een beetje?'

Met zijn handen roffelde Herman een beat op de snaredrum.

'Hé, dat klinkt niet verkeerd!' riep Abel.

Kraantje kwam erbij. 'Ik heb een tijdje gebast. Bij Battlefield Shame. Uit Beerssel. Heavy metal. Door heel Nederland gespeeld, we waren best populair.'

'Te gek!' zei Abel. 'Even wat proberen?'

'Waarom niet.' Kraantje hing de basgitaar om zijn nek en gooide met een ruk van zijn hoofd zijn haar achterover. 'Kom maar door!'

Verbrande Herman wurmde zich achter de drums, verschoof de trommels een beetje naar zijn postuur en greep de stokken.

Abel hing zijn Fender aan de riem om zijn hals en prikte de plug van zijn gitaarsnoer in de Marshall-versterker. 'There we go!' Hij sloeg een akkoord aan dat scheurend door de strobalen dreunde en speelde het intro van 'Smoke on the Water'.

Verbrande Herman viel in en sloeg de beat op zijn snaredrum en pauk. Dat hij hierbij zo in zichzelf opging dat het leek alsof hij een geheel ander nummer speelde, deed aan zijn enthousiasme niets af.

Met de basgitaar om zijn nek keek Kraantje dit oergeweld enige tijd aan, toen begon hij aarzelend mee te spelen. Hij koos hiertoe een en dezelfde noot die hij, met zijn hoofd omlaag meeknikkend, zijn haar langs zijn gezicht, enthousiast bleef herhalen. Dit gaf ontegenzeggelijk een stuwend karakter aan Deep Purples evergreen, waardoor het nauwelijks opviel dat hij in de verkeerde toonsoort speelde.

Toen het nummer ten einde was en het laatste akkoord uitgeklonken, keek Abel hoopvol naar het groepje mannen in het hooi. Wezel stak een sjekkie aan en keek verongelijkt de andere kant op, Vreetzak zat ongeïnteresseerd zijn nagels schoon te maken met een tandenstoker, Muis staarde suffig voor zich uit en Popeye lag languit in het hooi met zijn hamster. Alleen Bokser en Sjef Peppie klapten even lauwtjes in hun handen.

'Merci beaucoup!' riep Abel. Hij zette zijn gitaar tegen een strobaal en zei tegen Kraantje: 'We moeten er nog 'n beetje aan werken, maar het ging al best lekker.' Hij liep naar de mannen in het hooi. 'Spelen jullie niet een of ander instrument?'

Vreetzak haalde zijn schouders op. 'Als jochie heb ik een tijdje gitaarles gehad.'

Abel viste de ukelele uit het hooi. 'Probeer dan 'ns of je hiermee overweg kan?'

De grote man liet zijn bulderende lach horen. 'Da's voor een kabouter, man!'

'Leuk toch? Is hetzelfde als een gitaar, alleen kleiner. Hier, pak aan.'

Lacherig nam Vreetzak het instrumentje van hem over. Het mintgroene, met bloemmotiefjes beschilderde minigitaartje verdween vrijwel geheel in de grote worsthanden van de Rotterdamse havenbaron. Voorzichtig sloeg hij een akkoord aan.

Abel liet hem even oefenen en draaide zich om. 'Muis, speel jij wat?'

Geschrokken schudde de kleine man zijn hoofd.

Abel greep een verchroomde cowbell en een drumstok uit het hooi en duwde die in zijn handen. 'Dan is deze voor jou. Gewoon op slaan en liefst in de maat. Sjef Peppie!'

Abel hield een set bongo's omhoog. 'Is dit wat voor jou?'

Sjef Peppies chocoladekleurige gezicht spleet open in een ivoren lach. 'Lust een hond worst!' Met een overdreven Surinaams accent riep hij: 'Ik sal jou leren swinge, jonge!' Hij nam de bongo's uit Abels hand. 'Waar ik vandaan kom, deden we de hele dag niks anders dan op trommeltjes rammelen!'

'Haha, top!' lachte Abel. 'Bokser?' Abel stak hem een tamboerijn toe. 'Jij wordt Mister Tambourine Man. Kneis je dat?'

'Kom maar door.'

'Mooi. Popeye!'

Geeuwend rees de grote bodyguard uit het hooi.

'Speel jij een instrument?'

Hij krabde in zijn zwarte stekeltjes. 'Niet dat ik weet.'

'Helemaal niks?'

'Nee. Nou ja, vroeger thuis zong ik wel 'ns m–'

'Prima!' Abel wees naar de microfoon. 'De mike is yours.' Als laatste wendde hij zich tot Wezel, maar die was hem stilletjes gesmeerd.

Hoofdstuk 54

Platzer parkeerde zijn Porsche op het marktplein en liep met lange passen naar de Bar du Commerce. Op het terras in de verte zat de prefect opgewonden te bellen, zijn geel zijden stropdas glansde in de zon. 'Kijk 'ns aan,' gromde hij binnensmonds. 'Meneer de president heeft 'r zin in.' Hij stak zijn hand op. 'Bonjour, Jean-Paul! Ça va?'

Snel borg de prefect zijn telefoon weg. Ze schudden handen.

Terwijl Platzer een stoeltje bijtrok en ging zitten, keek hij naar het heldere water van de beek die langs het terras stroomde. Het verdween onder de doorgaande weg, om aan de andere kant weer te verschijnen. 'Mooi plekje,' zei hij. 'Maar waarom wilde je nou speciaal hier in Blagne-sur-Cèze afspreken?'

De prefect glimlachte fijntjes. 'Als ik met jou ben, wil ik liever niet gezien worden, mon ami. Dat zou mensen maar op verkeerde ideeën brengen. Belangenverstrengeling, dat soort kleinburgerlijke onzin. Ten onrechte natuurlijk, maar toch...'

De serveerster kwam naar hen toe. Platzer bestelde een Aperol Spritz en wendde zich tot de prefect. 'En? Hoe is het met de hippies? Heb je al een bevel tot ontruiming op hun deur laten spijkeren?'

De prefect schrok op. 'Impossible! We hebben alles uitgeplozen, maar niks gevonden. Alle benodigde vergunningen zijn aangevraagd en toegekend.' Zuchtend schudde hij zijn fraai gecoiffeerde hoofd. 'Ik vrees dat ik niks voor je kan doen, mon cher. Désolé.' Op dat moment trilde zijn telefoon. Hij nam snel op en draaide weg van Platzer. 'Oui, âllo?' Hij stond op en verwijderde zich. 'Wanneer? Nou, dat is mooi. Dankjewel.' Hij ging weer zitten. 'Welaan,' zei hij geheimzinnig, 'wie had dat gedacht.'

'Wat dan?'

'We hebben toch iets gevonden.'

Hoofdstuk 55

In de hooischuur stonden alle gedetineerden met hun instrumenten in de aanslag op het geïmproviseerde podium dat Abel en Sjeng hadden gemaakt van op elkaar gestapelde pallets. Alleen Wezel deed niet mee. Hij lag in het hooi en rekte zich demonstratief ongeïnteresseerd uit. Af en toe volgde hij met een minachtende blik de verrichtingen van zijn celmaten.

Met zijn felrode Fender-gitaar om zijn nek stond Abel op een strobaal voor het podium en hield een peptalk. 'Gasten!' riep hij. 'Ik weet zeker dat deze band geschiedenis gaat schrijven! Te gek dat jullie allemaal meedoen! Als eerste nummer doen we 'Brown Sugar' van de Stones. Jullie hebben allemaal de songteksten, dus iedereen kan lekker meebrullen. Het gaat erom dat je d'r vól in gaat. Vals zingen dondert niet. Mick Jagger kan ook niet zingen. Emotie, weetjewel! Soul!' Hij liet zijn gitaar los en sloeg zijn handen om zijn scrotum. 'Ballen! Wij zijn namelijk geen watjes. Wij hebben allemaal de real shit meegemaakt. En dat is onze schat. Dat maakt ons bijzonder. Onze shit is onze diamond. En die gooien we eruit!' Hij sloeg een akkoord aan en schreeuwde: 'Zing je sores eruit, gasten. Schreeuw je shit naar de sky! Maar ook je power! En je vreugde, je trots en je liefde! Oké, guys! Hit it!' Op vol volume begon hij het intro van 'Brown Sugar'.

Abel, die in geen jaren een gitaar had aangeraakt, wist de Stoneshit nog behoorlijk uit zijn vingers te krijgen en ook Verbrande

Herman kon aardig uit de voeten achter zijn drumstel. Klein pechje was dat Vreetzak met zijn ukelele hierdoor geheel onhoorbaar bleef. Maar dat was misschien maar beter ook. Het klonk allemaal, laten we maar eerlijk zijn, nergens naar. De Jostiband in het kwadraat.

'Yeey!' riep Abel toen de totaal verruïneerde Stones-hit was beëindigd. 'Dat was te gek, mannen!' Hij zette zijn gitaar tegen een strobaal en liep naar Kraantje, die het hele nummer consequent in de verkeerde toonsoort had staan bassen, om met hem het akkoordenschema nog 'ns door te nemen. Daarna stelde hij de versterkers wat democratischer af en liep een voor een alle bandleden langs om aanwijzingen te geven.

'De volgende song, bro's!' riep hij toen iedereen weer klaarstond. "Highway to Hell'. Take it away, guys!'

Met overstelpend enthousiasme stortten de bajesklanten zich op de onverwoestbare hit van AC/DC. Verbrande Herman sloeg de vonken uit zijn drums, Vreetzak teisterde zijn ukelele, Kraantje stuwde dreunende basnoten naar de hanenbalken, Sjef Peppie zat op een baal hooi en roffelde met zijn handen opzwepende ritmes op de bongo's tussen zijn knieën, naast hem sloeg Muis een onbegrijpelijk ritme op zijn cowbell en Popeye en Bokser schreeuwden uit volle borst flarden tekst in de microfoon.

Vanuit de deuropening sloegen Sjeng, Kim, Angela, Kobus en Fifi de kakofonie verbijsterd gade. In haar blauw gebloemde mouwschort en haar roze pantoffels begon Fifi losjes vanuit de heupen mee te dansen. Kobus zag het gebeuren, een glimlach spleet zijn gelooide zigeunerkop en onwennig begon hij met haar mee te bewegen. De muziek, als je het zo kon noemen, dreunde meedogenloos door en op dit cruciale moment stak

Plato zijn ezelhoofd om de hoek. Snel legde Kim haar handen over zijn ezelsoren. 'Nee, Plato! Dit is niks voor jouw zachte pluisoren. Veel te veel herrie. Straks word je nog doof! Gelukkig is het allemaal zo weer voorbij.'

Maar dat had Kimberley, in weerwil van haar bovennatuurlijke gaven, volledig mis.

Hoofdstuk 56

De volgende dag kwam Angela met een brief in haar hand de repetitieruimte in. 'Aab?'

De mannen waren in de bloedhete hooischuur al een paar uur aan het oefenen en Abel was blij dat hij even kon stoppen. 'Ja?' Bezweet liep hij naar haar toe, zijn gitaar aan de riem om zijn nek.

Ze hield hem de brief voor. 'Wat maak jij hiervan?'

Abel zag het briefhoofd met de Franse driekleur en het onderschrift 'République française'.

'O jee...' Hij begon te lezen, waarbij hij sommige woorden hardop uitsprak. '...vastgesteld dat u zich schuldig maakt aan een of meerdere overtredingen...' Verbaasd keek hij op. 'Overtredingen?'

Angela tikte op de regel eronder. 'Hier staat dat Esoterisch Centrum De Hemel "niet de benodigde economische noodzaak heeft om een bedrijf uit te oefenen in een historisch pand". Dat betekent dat we de tent dicht moeten gooien als we niet kunnen bewijzen dat we "een aantoonbare bijdrage kunnen leveren aan de economisch infrastructurele hoedanigheid van de gemeente Charmes-sur-Cèze".'

'Wat een mafkezerij!' zei Abel. 'De economische noodzaak? We trekken hier busladingen toeristen naartoe, Diedonnées restaurantje drijft zo ongeveer op ons, elke dag een kofferbak vol brood en croissants bij Jean-Pierre, kisten vol groenten en fruit bij Marie-Thérèse en... wat is dit voor gezeik!?'

'Tja,' zei Angela. 'Maar vooral: hoe lossen we het op?'

Hoofdstuk 57

'Voilà, de volledige oogst.' Met een mismoedige glimlach legde Angela het beduimelde A4'tje op tafel. Haar idee om de mensen uit het dorp een petitie tegen de dreigende sluiting te laten tekenen was uitstekend, alleen het resultaat was nogal schamel. Bij de boulangerie had iedereen zijn handtekening gezet en ook bij de groentewinkel en de quincaillerie had men zonder aarzelen getekend. Zelfs de filiaalhoudster van de plaatselijke Crédit Agricole had haar steun met een joviale signature bekrachtigd. Helaas had dit alles bij elkaar niet de beoogde stormvloed aan bijval opgeleverd.

'Juist...' zei Abel grimmig. 'Veertien handtekeningen...' Hij krabde in zijn haar. 'Ik weet niet of we daarmee heel veel deuken in een pakje boter gaan slaan...'

'We zijn iedereen af geweest,' zei Angela. 'Maar ik ben bang dat dit het is.'

Naast elkaar voor de keukentafel staarden ze zwijgend naar het machteloze stuk papier.

'Wacht!' zei Angela opeens. 'Jullie band!'

'Ja?'

'Jullie geven een concert hier op het château!'

Verbluft keek Abel haar aan. 'Maar dat kunnen we helemaal niet!'

'We maken er een open dag van!' negeerde Angela deze tegenwerping. 'Met kraampjes op de binnenplaats, wijnproeverijen, lekkere hapjes en dan jullie band als hoofdact! Zo halen we het hele dorp binnen, plus de mensen van de dorpen hier uit de buurt. Bij de entree laten we iedereen de petitie tekenen. Dat gaat ons honderden handtekeningen opleveren en dan zijn we off the hook!'

Met een trotse grijns nam Abel haar van hoofd tot voeten op. 'Djezus! Mijn schatje, mijn Einstein, mijn…' Hij kuste haar. 'Wat een briljant idee weer! En dat allemaal uit dat prachtige lieve hoofdje van je.' Hij grinnikte. 'Nu alleen nog even die bajesklanten muziek leren maken.'

Hoofdstuk 58

'Kijk 'ns?' Trots hielden Angela en Kimberley een poster voor Abel omhoog. OPEN DAG! stond er in koeienletters boven een foto van het kasteel. 'We hebben er een hele stapel van laten printen en daar plakken we het hele dorp mee vol tot ver in de omtrek.'

Abels blik viel op de datum en hij zoog zijn adem naar binnen van schrik. 'Djiezus! De achtste? Zo snel al?'

'Kan niet anders,' zei Angela. 'We hebben het zo ver mogelijk naar achteren geschoven, vlak voordat die jongens terug moeten. Je hebt nog vier dagen. Dat lukt toch wel?'

Abel trok een gezicht alsof hem een kies werd getrokken.

***

Om hun penibele situatie met extra overtuigingskracht aan zijn verzamelde bandleden uit te leggen, was Abel tijdens de ochtendgroet op zijn witte rots gaan staan. 'Maar wij,' zo besloot hij zijn tirade, 'wij gaan met z'n allen dit château redden! We gaan die Franse dorknopers een poepie laten ruiken! We doen een knallend optreden voor het hele dorp en harken genoeg handtekeningen binnen om die hele ambtenarenhap met één klap knock-out te slaan. We hebben nog vier dagen om een set nummers in te studeren en dat gaat ons lukken!'

Er klonk gejuich en geklap. Iedereen was vol goede moed. Iedereen behalve Wezel. Stuurs in een hoekje draaide hij een sjekkie en keek de andere kant op alsof hij er niet bij hoorde.

Abel sprong van zijn rots. 'Allez, bro's! Naar de schuur! We gaan ze gek maken!'

***

Zittend op een strobaal oefende Abel met een geconcentreerde frons het intro van Jimi Hendrix' 'Hey Joe'. Ze waren inmiddels twee dagen verder, Abel had de versterkers nog preciezer afgesteld en alle bandleden waren nu luid en duidelijk hoorbaar.

Dat was geen verbetering. 'Oké, gasten!' riep hij terwijl hij zijn gitaar omhing. 'Daar gaan we weer. Nog een keer 'Hey Joe'! Knallen!'

Toen de laatste noot was verstorven, klapte hij geestdriftig in zijn handen. 'Te gek, mannen! We gaan lekker! Meteen nog een keer!' Maar achter zijn vrolijke grijns sloeg de angst hem om het hart; het klonk nergens naar...

Na een hernieuwde groepsverkrachting van 'Hey Joe' stak Abel zijn handen in de lucht. 'Mannen!' riep hij. 'We moeten lullen. Ga zitten!' Met een ruk van zijn hoofd schudde hij zijn haar naar achteren en stak van wal. 'Bro's, het moet beter. We moeten dichter bij elkaar komen. Niet fysiek, maar in onze mind. Als we allemaal dezelfde emotie voelen kunnen we die gezamenlijk eruit gooien. Gut feeling, weetjewel. Brothers in arms.' Hij sloeg een akkoord aan en ging verder: 'We moeten onze soul eruit knallen, maar tegelijk ook naar de ander z'n soul luisteren en daarin meegaan. Samenspel! Beter luisteren naar mekaar. Net als in het echte leven! Meer naar elkaar luisteren!' Hij ramde weer op zijn gitaar en brulde door de nadreunende klank. 'Time is running out! Let's hit the shit! There we go! 'Hey Joe!''

In de pauze liep Bokser naar Muis. 'Hé Muis, hoe gaat ie?'

'Goed, hoor.'

'Zal ik je helpen?'

'Hoezo.'

'Het kan beter.' Hij nam de cowbell en de drumstok van hem over. 'Het is een makkie. Muziek bestaat uit maten. Een maat is vier tellen. Op elke tel geef je een hengst op dat ding.' Hardop tellend deed hij het voor en gaf het instrument weer terug. 'Nou jij.'

Muis bleef het proberen, maar hij kreeg het ritme niet te pakken. Met een zucht gaf hij de boel terug. 'Doe jij maar. Dit is niks voor mij.'

Kraantje kwam erbij staan, zijn basgitaar aan de riem om zijn nek. 'Nee, man! Niet opgeven! Doorgaan! Je kán het, Muissie! Je kán het!'

De kleine man wierp hem een peilende blik toe. Toen nam hij met een trieste blik de cowbell weer terug.

Even verderop liep Sjef Peppie naar Wezel, die stug de andere kant op keek. 'Hé, Wezel!' De grote Surinamer hield twee eivormige percussie-instrumentjes omhoog. 'We hebben nog niemand voor de shakers. Is dat wat voor jou?'

Wezel maakte een braakgeluid. 'Steek die shakers maar in je reet.'

Even flikkerde er iets in Peppies ogen. Even voelde hij dezelfde woede als die andere keer, toen iemand ook 'ns zoiets tegen hem had gezegd. Hij zag zijn mes weer in dat lijf verdwijnen. Een van de redenen dat hij nu hier zat. Hij lachte zijn stralende wittetandenlach. 'Relax, man. No problem...'

'En?' vroeg Angela toen Abel na een lange dag repeteren de keuken binnenkwam. 'Hoe gaat ie?'

Abel trok een gepijnigd gezicht. 'Kunnen we het afzeggen?'

Angela lachte. 'Het hele dorp hangt vol met posters. We hebben al meer dan honderd inschrijvingen binnen.' Ze wees op een grote doos op de keukentafel. 'Dat is vanmiddag gebracht, weet jij wat dat is?'

Vermoeid schudde Abel zijn hoofd. 'Ik heb niks besteld.'

Angela keek op het label. 'Raar. Het adres klopt. Ter attentie van... hè? Wezel?'

Op dat moment kwam Wezel de keuken in, zijn onafscheidelijke sjekkie in zijn mondhoek. Zonder te groeten zei hij: 'Is er soms wat voor mij bezorgd? Ah, bedankt.' Hij trok de doos uit Angela's handen en liep er zonder een woord mee naar buiten.

De volgende ochtend kwam Wezel als eerste de hooischuur binnen. 'Hé, baassie!' Hij hield een roodgeel gestreepte gitaar in de lucht.

Abels mond viel open. 'Nee! Is dat een echte?'

Wezel lachte trots. 'Zeker weten. Een Gibson Les Paul Tigerstripes First edition.' Hij plugde de gitaar in de versterker en sloeg een akkoord aan.

'Wow!' riep Abel. 'Vet! Wat een beauty! Waar heb je die vandaan?'

Wezel schudde zijn hoofd. Ongepaste vraag.

De anderen waren om hem heen komen staan. 'Gaaf ding, Wezel!'

Ze begonnen de dag met Bruce Springsteens 'The River' en al bij de eerste klanken was het duidelijk: Wezel was een aanzienlijk betere gitarist dan Abel. Zelfverzekerd speelde hij strakke akkoorden en wisselde die af met vingervlugge loopjes en swingende riffs. Bovendien bleek hij een goeie rockzanger te zijn. Iedereen verbaasde zich dat eruit zo'n schriel mannetje zo'n dijk van een stem kon komen.

Hierdoor voelde Verbrande Herman zich verplicht om beter zijn best te doen op de drums, wat de diverse percussionisten er weer toe aanzette om ook strakker te gaan spelen.

Terwijl hij zich moest inspannen om Wezel bij te houden, keek Abel naar Kraantje die op zijn tenen heen en weer wippend stond te bassen alsof zijn leven ervan afhing.

Een brede glimlach trok over Abels gezicht en hij werd overweldigd door een allesoverheersend gevoel dat verdacht veel weg had van geluk.

In de lunchpauze zaten de mannen onder de eik op het marsveld. Angela en Kimberley hadden een tafel gedekt met stokbrood, salades, kaas en karaffen koud water uit eigen bron.

Abel tikte zijn glas tegen dat van Wezel. 'Op jou, man! Je hebt me echt van m'n sokken geblazen. Djiezus, wat kun jij spelen.'

Met een scheef lachje keek Wezel hem aan.

'Wat zit je me aan te gapen,' zei Abel. 'Kun je niet tegen complimentjes?'

'Jawel, maar ik wacht.'

'Waarop?'

'Als iemand zoiets zegt, komt er meestal nog wat achteraan.'

'Wat dan?'

Wezel grinnikte. 'Jammer dat je zo'n lul bent.'

Abel schoot in de lach. 'Ja, da's waar. Je bent wel een lul, ja. Maar ik heb een beetje gehoord waarom, dus ik snap het goed. En je speelt te gek!'

'Thanks.'

Abel nam een hap van zijn broodje. 'Bad shit, man, met je zoontje.'

Wezels blik vernauwde zich, maar hij reageerde niet.

'Is dat waarom je je afzondert van de rest?'

Wezel haalde zijn schouders op. 'Ik zonder me niet af. We zitten allemaal vast en we zijn allemaal geen lieverdjes. D'r zitten geen mensen bij die met kinderen bezig zijn geweest, alleen maar eerlijke klootzakken. Dus ja, ik kan wel overweg met dat zooitje gekken.' Hij glimlachte. 'Ik blijf natuurlijk wel een lul. Behalve als ik lekker op m'n gitaar kan rossen.'

'Hou dat vast,' zei Abel. 'Als je zo blijft spelen als nu, vind ik alles goed.'

'Alles?'

'Het is erop of eronder. Over drie dagen moeten we een complete set kunnen spelen. Wat er ook gebeurt.'

Hoofdstuk 59

'What the fuck!?' riep Platzer verbaasd. Op de plataan die hij zojuist voorbij was gereden hing een poster van Château De Hemel. Hij trapte op de rem en reed achteruit. 'OPEN DAG', las hij. 'TEKEN DE PETITIE!'

Terwijl hij weer optrok belde hij de prefect. 'Jean-Paul! Die hippies hebben een open dag om een petitie laten tekenen! Maken ze een kans?'

Om de goede relatie met zijn Amerikaanse investeerder te behouden hield de prefect zich op de vlakte. 'Mwoah, petities hebben hier doorgaans weinig zin.'

'Maar zo'n open dag. Kan dat dan zomaar? Daar heb je toch allerlei vergunningen voor nodig?'

'Eh, ja, nee, eigenlijk niet.'

'Ja, maar ze doen het in dat kasteel! En dat is een monument! Veronderstel dat er wat gebeurt. Denk 'ns goed na. Hebben ze bijvoorbeeld een brandveiligheidsverklaring?'

De prefect zuchtte. 'Oké, dat zoek ik voor je uit.'

De man die de kasteelkeuken binnenstapte droeg een slobberige spijkerbroek en een T-shirt, en was op geen enkele wijze herkenbaar als een brandweerman. Of het zou de bumpersticker op zijn kanariegele Renault Mégane moeten zijn met de tekst BRANDWEERMANNEN DOEN HET ALS ZE UITGERUKT ZIJN.

Hij toonde Angela een plastic ID-kaart. 'Jean-Marc Fural, sapeurs-pompiers. Ik heb begrepen dat u hier overmorgen een open dag wilt houden?'

'Ja?'

'Heeft u daar een vergunning voor aangevraagd?'

'Moet dat dan?'

'In bepaalde gevallen wel. Ik heb opdracht om hier een controle uit te voeren op brandveiligheid en vluchtmogelijkheden in geval van een eventuele evacuatie.'

'Maar het is buiten!'

'Daar weet ik niks van,' zei Jean-Marc. Hij haalde een rolmaat uit zijn zak en begon de binnenmaat van de deuropening op te meten.

Uit ervaring wist Angela dat het zinloos was om met dit soort types in discussie te gaan en zonder er verder een woord aan vuil te maken, stapte ze langs hem heen naar buiten, linea recta naar de hooischuur. Al van ver hoorde ze de stuwende beat van Aretha Franklins 'Respect' en zonder dat ze het merkte, ging ze in de maat lopen.

'Aab!' schreeuwde ze dwars door het lawaai heen. 'Probleem!'

De muziek stopte en Abel liep met zijn gitaar om zijn nek naar haar toe. Kort en bondig vertelde ze wat er aan de hand was.

Toen ze was uitgesproken, legde Popeye zijn microfoon op een strobaal, rekte zich uit en spande zijn indrukwekkende biceps, waardoor hij nog massiever leek. 'Dat klinkt alsof ik even met die meneer moet gaan praten,' zei hij zacht.

Sjef Peppie klopte zichzelf op zijn gespierde borstpartij. 'Ik wil het ook wel doen?'

De uitgerukte brandweerman was zo ijverig met zijn rolmaat in de weer dat hij pas op het laatste moment merkte dat hij werd omringd door acht mannen die zwijgend naar hem stonden te kijken. De Marokkaanse reus legde zijn machtige hand op de schouder van de beambte. 'Ik denk,' zei hij met zijn zachte melodieuze stem, 'dat wij even moeten praten.'

'Ah, Jean-Paul!' Hoopvol nam Platzer op. 'Yes?'

'Helaas,' viel de prefect met de deur in huis. 'Onze brandveiligheidscontroleur belde zojuist. Aan alle veiligheidseisen is voldaan.'

'Dus?'

'Dus kunnen we niks doen.'

Hoofdstuk 60

In de dunbevolkte Chaude viel maar weinig te beleven. Voor de mensen uit de omliggende dorpen was de Open Wijndag dan ook het evenement van het jaar en al om half tien 's ochtends stond de parkeerplaats van Château De Hemel afgeladen vol. Op de binnenplaats van het oude kasteel was een soort foodfestival gaande; overal werd gebakken en gebraden, rookwolken kringelden boven veelkleurige kraampjes, wijntonnen stonden vol flessen en glazen. Daar tussendoor schuifelde een menigte Fransen met kinderen, baby's en kinderwagens. Uit de speakers klonken Franse hits, er werd gegeten, gedronken, gelachen en meegezongen.

Op het marsveld hadden Abel, Sjeng en de bandleden een podium gebouwd van oude pallets en waren bezig daar stroom naartoe te trekken.

Abel en Wezel sleepten de versterkers het podium op. Toen alles zo'n beetje stond, liet Wezel zich met een vermoeid gekreun op een speakerbox zakken en trok zijn pakje shag tevoorschijn. 'Zo. Effe zitten.'

'Nee, man!' zei Abel. 'Kom op! We moeten nog soundchecken en zo meteen staan hier een paar honderd man voor onze snufferd.'

Zuchtend schoof Wezel zijn shag terug in zijn borstzak en stond op. 'Dit begint verdomme op werk te lijken.'

Vreetzak had weinig bewegingsruimte in het kleine frietkraampje dat zijn celmaten voor hem hadden getimmerd, maar de kale Rotterdammer maakte er het beste van. Met Braziliaans aandoende bewegingen bewoog hij zijn kolossale lichaam op het ritme van de muziek uit de speakers en liet onderwijl een schep patat in de kokende olie glijden. Hij draaide zich om naar de langs schuifelende mensenmassa. 'Vreetzaks friet, beter vind je niet!' riep hij door het geborrel en gespetter heen.

Een lange man met een blauwe blazer stak zijn hand op. 'Doe d'r maar een!'

Achter hem verscheen een mollige vrouw met halflang blond haar en blozende wangen. 'Monsieur Platzer!' riep ze verbaasd. 'U hier?'

Platzer keek om. Zijn hart maakte een koprol. 'Mademoiselle Dieudonnée!' Hij schudde haar hand. 'Hoe gaat het met u? Wilt u ook een frietje?' Zonder op antwoord te wachten riep hij naar Vreetzak. 'Doe d'r maar twee!'

Met hun zakje friet in de hand worstelden ze zich door de menigte. Platzer bleef even verbaasd staan kijken bij een kraampje met het opschrift KRAANTJES KRAAKSERVICE, waar een magere sladood een demonstratie sloten openmaken gaf. Met Dieudonnée achter zich aan sloeg hij het pad naar het park in, weg van de drukte. Daar vonden ze een bankje van ongeverfd hout in de schaduw van een oude beukenboom.

'Wat een verrassing!' zei Dieudonnée, terwijl ze gingen zitten.

'Enorm!' zei Platzer. 'Hartstikke leuk!'

'Ik vind het echt jammer voor u,' zei Dieudonnée, 'dat u het kasteel niet heeft kunnen kopen.'

Platzer glimlachte vaag. 'Tja...'

'En waarom bent u nu hier?'

Wat verkocht is kan ook weer gekocht worden, dacht Platzer. Hij had deze favoriete oneliner er al bijna uitgegooid, maar zijn onderbewustzijn maakte een scherpe bocht naar links en hij hoorde zichzelf zeggen: 'Ik hoopte dat ik ú hier misschien zou tegenkomen.' Het schoot er zomaar uit.

Dieudonnée bloosde.

Een tijdje zaten ze naast elkaar op het bankje en aten frietjes uit het zakje in hun hand.

'Het betekent veel voor me om het kasteel weer te zien,' zei Dieudonnée terwijl ze een patatje in haar mond stak. 'Ik ben hier geboren, weet u.'

'Dat begrijp ik,' zei Platzer zacht. 'Het is een wonderschoon kasteel.'

'Ja en nee. Het is prachtig om te zien en ik hou er heel veel van, maar het is een verschrikking om in te leven. Mijn ouders noemden het "Le Monstre".'

'Echt? Waarom?'

'De verantwoordelijkheid is enorm. De last van al die generaties drukt op je schouders. En het is zo oud en zo groot dat het niet meer te onderhouden valt. Daarom ben ik ook blij dat Angela en Abel het hebben gekocht. Zij hebben er zó hard voor gewerkt... Ze hebben het helemaal in de oude staat hersteld en er echt iets moois van gemaakt. Nu leeft het weer. En daar ben ik heel blij mee.'

Platzer slikte. Hij kon moeilijk bekennen dat hij van dit authentieke château alle bijgebouwen had willen slopen om er een Disney-pretpark van te maken. Dat leek nu wel heel ver weg. Hij dacht aan de eigengereide, knauwende stem van Bill: "We verliezen marktaandeel! Zorg voor nieuwe locaties!" En dit wás zo'n locatie. De enige locatie in de wijde omtrek. Hij keek opzij en werd overstroomd door een golf verwarrende gevoelens. Enerzijds zijn brandende ambitie, zijn drang om te scoren, anderzijds dat lieve, onschuldige gezicht, half bedekt door een lok blond haar die zachtjes bewoog in de wind. Hij wilde zijn arm om haar heen slaan, haar tegen zich aan trekken zodat hij dat heerlijke mollige lichaam tegen het zijne zou voelen. Die zachtroze lippen kussen. Die...

'Hé, de muziek is opeens gestopt!' zei Dieudonnée en stond op.

***

'De bajes in je kop, de bajes in je kop...' In een poging de stress te bezweren bleef Abel deze mantra herhalen. Niet dat het hielp, want alles zat tegen. Ze kregen de lichtinstallatie niet aan de praat, Muis kwam piepen dat hij zijn cowbell kwijt was, Sjef Peppie, die om reliëf te geven aan zijn nieuwe status van rockster een grote nachtzwarte zonnebril had opgezet, zat onverstoorbaar in zijn eigen bubbel ritmes te roffelen op zijn bongo's en daar doorheen oefende Wezel irritant hard loopjes op zijn gitaar waardoor niemand elkaar meer kon verstaan. Abel wierp een snelle blik op zijn horloge. 'Nog een uur.' Hij klemde zijn tanden op elkaar. Rustig an, geen stress. De bajes in je kop.

Sjeng en Kobus zaten op hun knieën naast een verdeelkast die ze hadden opengeschroefd. 'Ik begrijp er geen zak van,' mopperde Kobus. Hij prikte met zijn spanningsmeter in een stopcontact. 'Hij moet 't gewoon doen.'

'Die aardedraad hangt los,' wees Sjeng. 'Moet die niet daarin?'

'Proberen maar,' zei Kobus en schoof het ontblote stuk koperdraad in de enige vrije opening. Met een harde klap en een steekvlam knalde de stop eruit. Ze tuimelden achterover. Met een reeks rollende godvers kwam Sjeng overeind. Maar zijn vader bleef bewegingloos liggen.

Fifi en Kim kwamen aanrennen.

'Sjengie!' schreeuwde Kim. 'Wat is er gebeurd?'

Fifi liet zich op haar knieën naast Kobus zakken. 'Ça va? Kobus! Ça va?'

Kobus opende één oog. 'Hallo wijffie, niks aan de poot, hoor.' Hij richtte zich op.

Fifi lachte opgelucht. 'Ouwe schurk!' Ze streelde zijn warrige haar. 'Ik schrik me elke keer gek van je...'

Op het podium staarde Abel naar zijn versterker en klikte verwezen het knopje aan en weer uit. Aan, uit. Aan, uit. Er gebeurde niets. Het rode lampje ging niet branden.

'Aab!' Met wapperende krullen kwam Angela het marsveld oprennen. 'Het hele château zit zonder stroom!'

Hoofdstuk 61

Angela had zich weer geposteerd op de ophaalbrug bij het wijnvat waar ze de bezoekers de petitie liet tekenen en ze een glas wijn overhandigde. 'We zitten al ver over de honderd!' riep ze naar Abel die zich door menigte naar haar toe worstelde.

Hij knikte afwezig en luisterde gespannen naar de telefoon aan zijn oor. 'Âllo-âllo, Jean-Claude?' Nerveus trommelde hij met zijn vingers op de wijnton.

Angela keek hem hoopvol aan. 'En?'

De telefoon ging een paar keer over, toen hoorde hij een klik en begon er een ondoordringbare oerwoudruis. Heel ver weg hoorde hij de stem van de elektricien, alsof die sprak van gene zijde. 'Wij zijn... momenteel... niet aanwezig...' klonk het krakerig. 'Spreek uw...'

Abel verbrak de verbinding. 'Hij neemt niet op,' zei hij moedeloos.

'Wat nu?'

'Hij is de enige elektricien hier.'

Platzer en Dieudonnée kwamen aanlopen. 'Is er een probleem?' vroeg Dieudonnée.

'Nogal,' zei Abel. 'We moeten zo beginnen en we hebben geen stroom.'

'Bel Jean-Claude!'

'Heb ik net gedaan, hij neemt niet op.'

'Ai,' zei Dieudonnée. Ze keek op haar horloge. 'Ja, hij zit te eten, dus dat duurt nog wel even. Ik zou zo gauw geen ander weten...'

‘Ik misschien wel,’ zei Platzer.

Verrast keek Abel op. ‘Echt?’

‘Ja, een invalkracht waar we met ons bedrijf wel ’ns mee werken. Een beetje een rare vogel, maar een handige klusser. Hij krijgt alles aan de praat. Een echte nerd!’

‘Bellen!’ zei Angela. ‘Zeg dat het urgent is. Hij moet meteen komen!’

‘Ja!’ riep Abel. ‘Zijn gewicht in wijn zal zijn deel zijn!’ Hij haastte zich terug naar het podium.

Abel en Platzer zaten gebogen over een onttakeld stekkerblok toen een roestige Renault Express het kasteelpark in kwam rijden. Hij stopte voor het podium, de deur zwaaide open en een gedrongen figuur in rommelige kleding wurmde zich naar buiten.

‘Nee!’ riep Abel verbaasd. ‘Thijs! Wat doe JIJ hier?’

‘Ha, ouwe reus! Bonjour, monsieur Platzer!’ Met zijn gereedschapskist in zijn hand sprong de zelfverklaarde elektricien het podium op. Thijs Schwartz, een bekende Nederlandse MDL-arts die zich gladgeschoren en gesoigneerd door het Amsterdamse uitgaansleven placht te bewegen, was een tiental jaren geleden verhuisd naar het Franse platteland en inmiddels gemuteerd tot een groezelbaardige trol die een onwelriekende schapengeur verspreidde.

‘Goed dat u meteen kon komen,’ begroette Platzer hem. ‘Dat waardeer ik zeer.’

‘Ja ja,’ wuifde Thijs hem weg. ‘Laat nou eerst maar ’ns kijken...’ Hij zette zijn gereedschapskist op de grond en boog zich over het stekkerblok.

‘Denk je dat dit het is dan?’ vroeg Abel.

‘Ook,’ zei Thijs. ‘Maar er is meer.’ Hij stond op. ‘Ik volg een cursus bij de explosievenopruimingsdienst, dus vinden doen we het altijd...'

'Dat komt goed van pas hier,' lachte Abel.

Hoofdstuk 62

Terwijl Dieudonnée, Angela en Kimberley bij de ingang de bezoekers aanspoorden de petitie te tekenen, slenterde Platzer, ten prooi aan gevoelens die hem in verwarring brachten, door het kasteelpark. Met een onderdrukte verwensing schopte hij een dennenappel weg. Die rolde over het pad en kwam een eind verderop tot stilstand voor de hoefjes van een grijze ezel. Het dier stond in de schaduw van een eikenboom en dronk uit een met mos begroeide stenen bak.

'Hé, ezeltje!' zei Platzer verbaasd. 'Wat doe jij hier?'

Terwijl hij kalmpjes door bleef drinken antwoordde Plato: 'Ik woon hier.'

Platzer keek om zich heen. 'Dat doe je goed.'

Plato keek op. 'Hoor ik daar iets van jaloezie?'

Platzer lachte bitter. 'Ik had het willen kopen. Dat is m'n vak. Maar het is mislukt.' Hij dacht even na en voegde eraan toe: 'Gelukkig.'

'Gelukkig?'

'Ja, ik heb de vorige eigenaresse ontmoet. Dieudonnée...' Hij zei het dromerig, alsof hij aan iets onbereikbaars dacht. 'Wat een vrouw...'

'O ja?'

Platzer schudde zijn hoofd alsof hij het nog steeds niet kon geloven. 'Man, man, je weet niet half. Zo mooi, zo lief, zo zuiver...' Hij zuchtte. 'Ik besefte opeens wat een klootzak ik eigenlijk ben...'

Plato zwaaide met zijn staart. 'Tja...' Een tijdje bleef het stil. Alleen het druppelen van het water in de stenen bak viel te horen. Toen zijn Plato: 'Weet je, misschien denk je te veel in geld. Heeft dat voor jou de hoogste waarde.' Hij flapperde met een scheef oor. 'Maar de echte waarde is niet geld. De echte waarde is tijd. Want die korte periode dat je rondloopt op deze aardkloot, moet je zo goed mogelijk invullen. Hetzelfde geldt voor rijkdom. Weet je wat rijkdom is?'

Platzer trok zijn wenkbrauwen op en knikte naar de torens van het kasteel. 'Zeg jij het maar, jij bent een kasteelezel, jij zou het moeten weten.'

'Zeker, maar ik wil het van jou horen. Wat is voor jou rijkdom?'

Platzer dacht na. 'Ik vind winnen leuk. Als ik slaag in wat ik wil, ja, daar krijg ik een kick van.'

'Winnen. Is dat alles?'

'Nou ja, een flinke zak geld op de bank, mooie auto voor de deur, lekker eten, daar word ik ook wel blij van.'

Plato tikte met zijn hoef tegen de drinkbak. 'Dit water komt uit die bergen daar.' Hij wees met zijn hoofd naar de besneeuwde bergtoppen in de verte. 'Het loopt in een beek over een alpenwei en daar zakt het weg in allerlei ondergrondse stroompjes. Aan het eind van de helling barst het uit de rotsen als een waterval, stort omlaag en via een beekje stroomt het hier in deze bak.' Hij boog zijn hoofd, dronk wat water en keek op, kristallen druppeltjes vielen van zijn lippen. 'Dat is voor mij rijkdom. IJskoud bergwater drinken. Zoveel je wilt, het raakt nooit op.'

Platzer snoof. 'Van water kun je niet leven.'

'Dat hoeft ook niet. Als je werkt, kun je eten verdienen, maar waarom meer dan je nodig hebt? Luxe is onzin. Geluk schuilt erin om anderen gelukkig te maken. Niet meer en niet minder. Het bestaan is slechts een rimpeling die beweegt over een eindeloze vijver. Maar elke dag is een kans om aardig te zijn voor anderen. En als we anderen gelukkig maken, dragen we bij aan het continuüm, aan een betere collectieve moraal.'

Platzer staarde naar de bergtoppen en keek in de diepte van zijn eigen ziel. Hij stond daar en merkte niet dat zijn wangen nat werden.

Maar Plato zag het wel. 'Kop op,' zei hij goedmoedig. 'Het is nooit te laat. Iedereen heeft twee levens. Het tweede begint op de dag dat je beseft dat je er maar één hebt.'

Vanaf het marsveld steeg plotseling gejuich op.

'Yeey!' riep Abel. 'Alles doet 't weer! Thijs, je bent een mirakel!' Hij hing zijn gitaar om. 'Kom op, mannen!' riep hij naar zijn bandleden. 'Allemaal de bühne op voor de generale repetitie. We hebben nog een halfuur! Onze laatste kans, bro's! Let's rock!'

Maar de generale repetitie bracht niet het succes waar Abel op had gehoopt. Niet dat hij een band had verwacht die zou spelen als een geoliede machine, dat kon natuurlijk niet in zo'n korte tijd. Gewoon een stelletje enthousiaste gasten die redelijk coherent hun nummers speelden en vooral ook allemaal tegelijk hetzélfde nummer speelden. Dat was toch niet te veel gevraagd? Maar nee, dit alles was niet het geval. De boevenband klonk, om het maar even netjes te zeggen, als een natte krant. Hoewel 'als een lul op een drumstel' een betere omschrijving zou zijn geweest.

Hoofdstuk 63

Abel stond achter het podium, voor het publiek verborgen achter de muur van versterkers. Zijn hoofd gebogen, zijn haar als een futloze waterval langs zijn gezicht. Met een moedeloze beweging hing hij zijn gitaar om.

'Kom op, lieverd.' Angela streelde zijn wang en trok de kraag van zijn blouse recht. 'Je kan het.'

Mistroostig schudde Abel zijn hoofd. 'Dit wordt een ramp.' Hij zuchtte. 'Ze bakken er geen hout van.'

'Jawel!' zei Angela dringend. 'Maar JIJ moet het doen. Als jij ze de power geeft, dan trek je ze mee. Dan gaan ze door het dak. Ze vinden jou te gek, Aab. Jij bent hun held. Als jij inzakt zijn zij nergens. Alles hangt van jou af. Dit is het moment. Nu moet je écht hun goeroe zijn!'

Abel masseerde zijn ogen en stiet een hol gekreun uit, alsof er een nagel in zijn voet werd gedreven. 'Kunnen we het nog cancelen? We kunnen zeggen dat de stroom is uitgevallen. Ik weet hoe ik kortsluiting kan maken.'

'Natuurlijk niet.' Angela pakte zijn schouders en schudde hem door elkaar. 'Aab! Kom op! Als je daar straks voor het publiek staat, dan ben jij de king. Haal alles naar boven waar je in de muziek ooit gek van was. Alles wat je hebt geleerd, alles waar je in gelooft. Die duizenden cd's die je uit je hoofd kent, al die bandjes waar je in hebt gespeeld, al je ervaring. Dat allemaal bij elkaar heeft jou gevormd. Al die muziek, dat ben jij. Hou dat vast en stuur dat naar je vingers. Je kan hartstikke goed spelen! Jij bent de star gitarist! Jij gaat ze betoveren! Je gaat ze gek maken! Kom op!' Ze duwde hem het podium op. 'Aab! GA HET DOEN!'

Met zijn rug naar het publiek plugde Abel zijn gitaar in. Hij sloot zijn ogen. De bajes in kop. Daar mag maar één ding in. En dat is deze band, dit komende halfuur. Hij sperde zijn ogen open. Ik ga het doen.

Hij draaide zich om en liep naar de microfoon.

Daar stond Abel. Op een podium van opgestapelde pallets in het zonovergoten park van zijn eigen château: de benen licht gespreid, de blote voeten in de Birkenstocksandalen stevig op de planken, zijn rode Fender Stratocaster laag aan de riem op zijn heup, zijn lange haar wapperend in de wind. Vóór hem op het grasveld was het afgeladen vol. Honderden gezichten keken vol verwachting op naar hem en naar het achttal ongure types achter hem. De gehuurde toneellampen zetten de gedetineerden in een veelkleurig spacelicht, waardoor het leek of deze verzameling wonderlijke karikaturen zojuist was geland van een onbekende planeet. Uit het publiek klonk opgewonden geroezemoes, de versterkers bromden en zoemden, klaar om los te branden in een helse wall of sound.

Abel ging nog iets steviger staan en klemde zijn vingers om de hals van zijn gitaar. Voelde hij zich God? Of een treetje lager, Mick Jagger, Prince of Sting? Hij liet zijn blik over de zee van opgeheven gezichten glijden. Hij dacht aan vroeger, aan al die bandjes waar hij in had gespeeld. Al die vruchteloze pogingen die nooit iets hadden opgeleverd. En kijk hem nu eens! Ongelofelijk! Nog nooit had hij voor zo'n enthousiaste mensenmassa gestaan. Zijn eigen popconcert! Zijn eigen Woodstock! Even sloot hij zijn ogen, toen stak hij zijn arm in de lucht en sloeg een zwaar versterkt akkoord aan. Het dreunde over de hoofden en er brak een gejuich uit.

Abels hart zwol op, zo groot dat het elk moment uit zijn borst kon barsten en op kleine beentjes het publiek in kon rennen om mee te gaan staan juichen. Hij trok de microfoonstandaard naar zich toe.

'Mensen!' brulde hij toen zijn gitaarakkoord was verstorven. 'Hartelijk welkom in De Hemel! Ontzettend bedankt dat jullie zo massaal zijn gekomen en de petitie hebben getekend! Dankzij jullie mogen we blijven!' Er werd gejuicht en geapplaudisseerd.

'Merci beaucoup!' schreeuwde Abel door het gejuich. 'We love you!' Hij deed een stapje achteruit en zette dwars door het enthousiaste gejoel loeihard het intro van 'Brown Sugar' in. Achter hem viel Verbrande Herman aan op zijn drumstel alsof het dood moest en deelde met maaiende armen machtige slagen uit aan zijn trommels. Voor een uitgelaten menigte teisterde Abel zijn gitaar met harde, strak gespeelde akkoordenschema's en de mannen... Tja, de mannen...

Het was alsof de vinger Gods hen een voor een had aangeraakt en hen had geladen met buitenaardse energie. Ze speelden beter dan Abel ooit had durven dromen.

Wezel sprong gitaarspelend in een soort duckwalk heen en weer over het podium. Sjef Peppie sloeg zich op zijn bongo's de blaren op zijn vingers, Verbrande Herman ging los als een dolgedraaide heimachine. Hij schreeuwde en zweette en terwijl de spotlights het grote litteken op zijn gezicht rood deden oplichten, sloeg hij de scheuren in zijn bekkens. Muis, de dodelijke data-analist, altijd stil en teruggetrokken, ranselde zijn cowbell zo heftig dat het klonk alsof er een gek geworden stier uit een alpenwei was ontsnapt. Bokser ramde zijn tamboerijn tegen zijn rode knokkels, zo hard dat het bloed over zijn vuisten stroomde. De glimmend kale Vreetzak probeerde op zijn mintgroene kaboutergitaartje uit alle macht boven dit tumult uit te komen. Toen dat onmogelijk bleek, gaf hij het op en de grote cokebaron danste bulderend van de lach met zijn ukelele als een trofee boven zijn hoofd over het podium.

Abel greep een microfoon en brulde: 'You rock with the best! Ik wil die handjes zien! Handjes in de lucht!' Het publiek joelde nog harder en honderden handen gingen de lucht in. Iets terzijde van dit geweld stond Kraantje als een zoutpilaar onverstoorbaar door te bassen. Hij keek niet op of om, alleen zijn gebogen hoofd, het haar voor zijn ogen, knikte ritmisch mee op de beat. Popeye, die nooit sprak, klemde de microfoon als een ploertendoder in zijn vuist en schreeuwde zijn pijn eruit. Hij zong over spijt, over liefde en over de onherstelbare fouten die een mens nu eenmaal maakt. Het was niet loepzuiver en zeker niet tekstvast, maar de Marokkaanse straatvechter wist waar hij het over had. Hij zong uit zijn hart en dat voelde je.

Het was sowieso allemaal niet mooi of verfijnd of melodieus. Integendeel: het was rauw, hard en vol fouten. Net als de mannen zelf. En dat, juist dat, greep zowel mannen als vrouwen klemvast bij de kloten. De dolenthousiaste menigte joelde en juichte en klapte elk nummer mee, met Angela, Kimberley, Sjeng, Kobus en Fifi hossend als cheerleaders voor aan het podium.

Vanuit het park hoorde Plato het optreden van de Boevenband aan. 'Niet slecht,' bromde hij kauwend op een strootje. 'Helemaal niet slecht. Het is natuurlijk een teringherrie...' – op het ritme van de muziek bewoog hij zijn hoofd van links naar rechts – '...maar het voelt goed. En het zou me niet verbazen als dit het begin is van iets wat niemand ziet aankomen...'

Hoofdstuk 64

Met als afsluiter een daverende uitvoering van Aretha Franklins 'Respect' kwam het concert ten einde. De menigte juichte en riep om een toegift. Maar dat was er niet, dus bedankte Abel het publiek, stelde de bandleden een voor een voor en stapte onder groot applaus het podium af. Half stoned van de adrenaline en kletsnat van het zweet struikelde hij het trapje af, recht in de armen van Angela.

Ze ving hem op en omhelsde hem. 'Mijn held! Je was geweldig!'

Sjeng en Kimberley kwamen op hen af. 'Goed bezig, lange!' riep Sjeng. 'Hartstikke te gek!' Hij had twee vers geopende flesjes Kronenbourg bij zich en stak Abel er een toe. 'Hier! Een lekker koud biertje!'

Terwijl achter hem de mensenmassa opgetogen naar de uitgang dromde, dronk Abel met grote slokken en veegde zich met een handdoek het zweet van zijn gezicht.

De Open Dag was voorbij. Op de binnenplaats van het château was het een enorme bende, maar dat kwam later wel, vond Angela. Eerst een groot feestmaal om het succes van deze epische dag te vieren.

Op het achterterras van het kasteel zaten de voltallige boevenband samen met de vaste Hemelbewoners en bewakers Arie en Bob aan de lange houten tafel. Angela deelde pizza's uit die zij had laten bezorgen en Abel trok een aantal flessen van zijn

Liefdeswijn open en vulde de glazen. Toen hij de laatste fles had ontkurkt sloeg hij met twee lege flessen tegen elkaar.

'Mannen!' riep hij door de opgewonden pratende bandleden heen. 'Matties! We hebben het 'm geflikt! Dankzij jullie kunnen we hier op het kasteel blijven doen wat we doen.' Hij hief zijn glas. 'You rock! Wat zijn jullie geweldig. Santé, gasten! Op ons! De Boevenband rules!'

Met de heugenswaardige woorden "in Italië is een pizza een voorgerecht" had Sjeng de barbecue het terras op gesleept en toen hij met een berg knapperige, bruin geroosterde lamsbouten aankwam, ging er onder de boevenband een gehuil van vreugde op. Als uitgehongerde wolven stortten de mannen zich op het vlees, likten het vet van hun vingers en dronken grote gulzige slokken rode wijn.

Abel zag het met een gelukzalige glimlach aan. Ouder-gewoonte overwoog hij om er een slurplesje tegenaan te gooien om zijn bandleden nog 'ns te wijzen op de geneugten van het bewust genieten van wijn, maar toen hij zag hoe zijn matties met glanzende ogen smulden van het vlees, hun kinnen druipend van het vet, wuifde hij deze gedachte weg.

Aan de andere kant van de tafel waren Platzer, Dieudonnée, Kobus en Fifi druk in gesprek. Kobus legde aan een geïnteresseerde Platzer uit hoe hij met een boormachine de teller van een oldtimer kon terugdraaien, terwijl Fifi aan Dieudonnée uiteenzette hoe je de trekker van een Hodgkins 12 millimeter snelvuurgeweer moest overhalen. De avond voltrok zich kortom in volmaakte harmonie.

Een uurtje later, toen de mannen met verhitte gezichten de laatste restjes vlees van de botten kloven, stond Angela op om nog wat brood uit de oven te halen.

Wezel zag haar gaan en schoof naast Abel. Hij tikte zijn flesje tegen Abels wijnglas. 'Proost, Baassie. Dat was lachen.'

'Je was geweldig, man,' zei Abel. 'Echt top.'

Wezel knikte en nam een slok. 'Ja, het ging lekker. En nu morgen weer terug naar de bajes.'

Abel trok een pijnlijke grimas. 'Ja, klote.'

'Maar,' zei Wezel, 'en dat wil ik nog wel even zeggen, ik vind dat jij het ontzettend goed hebt gedaan.'

'Merci.'

'Ja, wij gaan straks de lik weer in, maar we zijn wel beter geworden. Ik in elk geval wel.'

Abel fronste. 'Beter hoe?'

'Nou gewoon, niet meer alleen een bajesklant. Je hebt ons op een of andere manier ook een soort van respect gegeven.'

'Merci, goed om te horen, dat was ook grofweg de bedoeling.'

Wezel brak een stuk brood af en stopte het in zijn mond. 'Jij hebt echt wat voor elkaar gekregen, gozer,' zei hij kauwend.

'Hoe bedoel je?'

'De mannen zijn helemaal gek. Ze willen de band doorzetten in de bajes. Optreden voor de jongens daar.'

Abel lachte. 'Mooi, man. Daar ben ik blij mee. Ik vind het verdomme gewoon jammer dat ik niet mee kan de bajes in, ik zou het fantastisch vinden met die band!'

'Haha, dan moet je ook een boef worden.'

Abel glimlachte. 'Nee, da's niks voor mij. Ik ben een watje. En een hippie.' Hij maakte met twee gespreide vingers een V-teken. 'Peace, weetjewel.'

'Toch zou het te gek zijn als we band bij mekaar konden houden.'

'Doen!'

'Ja, maar morgen moeten we terug. Dan is het finito.'

'I know, ik baal er ook van.' Peinzend keek Abel over de

hoofden van de druk pratende mannen het park in. Ver weg verdween de zon in een roodkoperen gloed achter de toppen van de bomen. Het feestrumoer van de uitgelaten bajesklanten vervaagde en leek van steeds verder weg te komen. In zijn hoofd klonken de echo's van 'Brown Sugar'...

Naast zich hoorde hij Wezel als in een droom zeggen: 'Het zou te gek zijn als je met ons mee kon...'

Zachtjes bewoog Abel zijn hoofd op de beat van 'Brown Sugar'. Op tournee met de boevenband. De hele zomer lang. Een grote touringcar met hun naam erop. Angela natuurlijk mee, Sjeng, als bodyguard, en Kim. En alleen grote festivals. Pinkpop, Rock Werchter, de Rabbithole... Plotseling voelde hij een zachte duw in zijn rug. Hij draaide zich om, daar stond Plato.

'Hé, lieverd!' zei Abel. Enthousiast wilde hij zijn arm om zijn hals leggen, maar iets in de zachtbruine ogen van de ezel deed hem aarzelen.

Met een uitdrukking van spottend verwijt schudde Plato zijn hoofd. 'Denk aan de boot,' glimlachte hij. 'En vooral aan de mast.'

Abel lachte. 'Nou en of. Ik blijf gewoon hier, hoor. Bij mijn schatje.' Hij streelde Plato's zachte wang. 'En bij jou.'

FIN

MEER AVONTUREN VAN ABEL & ANGELA

Godendrank

Een wijnboer kiest voor de misdaad

Dromer Abel en zijn nuchtere vrouw Angela verkopen hun winkeltje in Amsterdam om een wijnboerderij in Zuid-Frankrijk te beginnen. Ze worden getroffen door bizarre tegenslagen en Abel besluit wiet te gaan telen om zijn wijn te voorzien van een scheut geestverruiming. Daarmee kruisen ze het pad van lieden die het niet zo nauw nemen met de wet, hetgeen leidt tot hilarische gebeurtenissen en een spetterende ontknoping.
Deze roman is 'Ik vertrek' in de overtreffende trap.

MEER AVONTUREN VAN ABEL & ANGELA

Bed en Breakfast

Een wijnboer raakt verstrikt in de misdaad

Abel en Angela beginnen een B&B op hun Zuid-Franse wijndomein. Maar natuurlijk gaat dat niet van een leien dakje. Een televisieploeg met een dubbele agenda wil daar een reality soap van maken, waarna Abel en Angela worden overrompeld door gasten die het bloed onder hun nagels vandaan halen. Als Abels heimelijke verzet de spuigaten uitloopt, is er geen weg terug: om hun wijndomein van de ondergang te redden, moet hij in zee met een onvoorspelbare Franse klusjesman en een Brabantse drugsbaron.

MEER AVONTUREN VAN ABEL & ANGELA

Vrije vogels

Het leven van een Nederlandse wijnboer in Frankrijk wordt op z'n kop gezet door de leider van een motorbende

Idealist Abel en zijn doortastende vrouw Angela genieten van het heerlijke leven op hun Zuid-Franse wijndomein. Maar dan komt de leider van een Brabantse motorbende verhaal halen en wordt alles op zijn kop gezet. Abel en de bendeleider vertrekken per Harley Davidson op een roadtrip door het ruige Pyreneese berglandschap. Bijgestaan door een bijzondere ezel begint hun barre tocht die via spectaculaire avonturen leidt tot een knallende ontknoping.

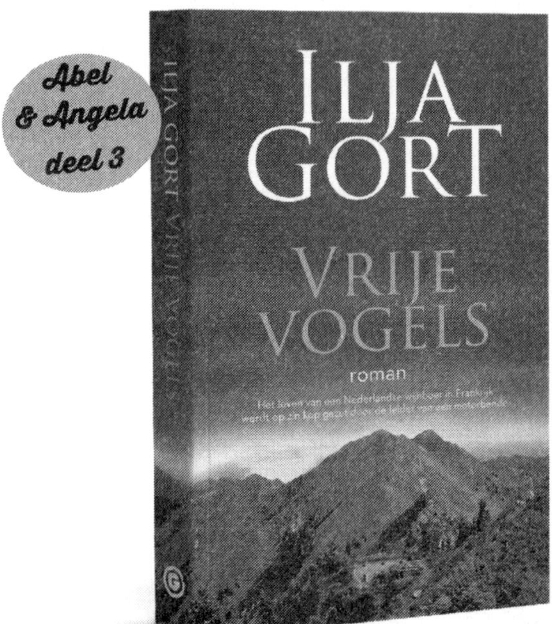

Godendrank, *Bed en Breakfast* en *Vrije vogels* zijn ook uitstekend zelfstandig te lezen.

FRANKRIJKROMAN

De geluksvogel

Een Nederlandse reclameman met een wijnchateau op het Zuid-Franse platteland ontfermt zich over een Franse wijnboer die een camping is begonnen

Harold Wechter is een Nederlandse reclameman die een wijnchateau in Frankrijk heeft gekocht. Hij komt in contact met Régis, een door en door Franse wijnboer wiens zaken niet al te best gaan. Harold adviseert Régis een 'Camping à la ferme' te beginnen. Hiermee ontketent hij een onstuitbare reeks voorvallen die op de camping op het zinderende Zuid-Franse platteland tot bizarre situaties leidt.
Een advocatenkantoor wordt met kettingzagen het bos ingestuurd, Hollandse naaktlopers biodansen in het maanlicht, een belastinginspecteur krijgt te maken met een verrassende vorm van biologische oorlogsvoering en een druivenfluisteraar zoekt de mysterieuze wijngaard met merlot-druiven van verwoestend lekkere kwaliteit.
Eerder verschenen als *Het Merlot Mysterie.*

FRANKRIJKROMAN

De druivenfluisteraar

Een druivenplukker met een mysterieuze gave gaat de strijd aan met de gevaarlijkste man van Italië

Janty is een anti-held wiens leven bestaat uit werken in de wijngaard. Alles wat hij ziet, vertaalt hij naar zijn eenzame bestaan tussen de druiven. Dankzij een bijzondere gave sluit hij vriendschap met een truffelvarken en redt dat van de slager. Dit vormt het startschot voor een roadtrip waarin Janty en zijn varken op de vlucht in een oude eend door Frankrijk en Italië, verzeild raken in bizarre situaties. Geholpen door Figaro-journaliste Leonie Fougard stuiten ze op een grootschalige fraude met valse truffels die uiteindelijk leidt tot een verrassende confrontatie met de Italiaanse Maffia.

Leven als Gort in Frankrijk

De avonturen van een Nederlandse wijnboer in Frankrijk

Ilja Gort kocht in 1994 een vervallen wijnkasteel bij Bordeaux. In tien jaar tijd wist hij dit op te bouwen tot een succesvol wijnbedrijf. Zijn Château Gort&Gort-wijnen winnen hoge onderscheidingen op internationale wijnconcoursen en zijn exclusief verkrijgbaar bij Albert Heijn.
Over de beginperiode en de opbouw van zijn château schreef Gort *Leven als Gort in Frankrijk*, een buitengewoon humoristisch boek waarvan inmiddels meer dan 100.000 exemplaren zijn verkocht. Op geestige wijze beschrijft hij het reilen en zeilen op een Frans wijnchateau. Hij onthult zorgvuldig bewaarde geheimen over wijn en doet intieme ontboezemingen over de verwezenlijking van een droom. Soms luchthartig, soms emotioneel, maar altijd oprecht.